金庸译文

达蒙·鲁尼恩短篇小说选

Selected Short Stories by Damon Runyon

[美]达蒙·鲁尼恩 著
金庸 译

朗声图书
广州出版社
GUANGZHOU PRESS

图书在版编目（CIP）数据

达蒙·鲁尼恩短篇小说选 / （美）达蒙 鲁尼恩著；金庸译. -- 广州：广州出版社，2024. 9. --（金庸译文）. -- ISBN 978-7-5462-3772-5

Ⅰ. I712.45

中国国家版本馆CIP数据核字第2024F30Y13号

金庸译文　达蒙·鲁尼恩短篇小说选

出版发行　广州出版社
（地址：广州市天河区天润路87号广建大厦九楼、十楼
邮政编码：510635　网址：http://www.gzcbs.com.cn）
策　　划　欧阳群
责任编辑　何　娴　田宇星
责任校对　林春光　颜云雁
封面设计　@王强127
代理发行　广州市朗声图书有限公司（发行专线：020-34297719）
印　　刷　广东源隆印刷有限公司
（地址：广东省佛山市高明区更合镇鸿淘路7号58栋厂房
邮编：528200）
开　　本　880毫米×1230毫米　1/32
总 字 数　138千
总 印 张　7.625
版　　次　2024年9月第1版
印　　次　2024年9月第1次
书　　号　ISBN 978-7-5462-3772-5
定　　价　52.00元

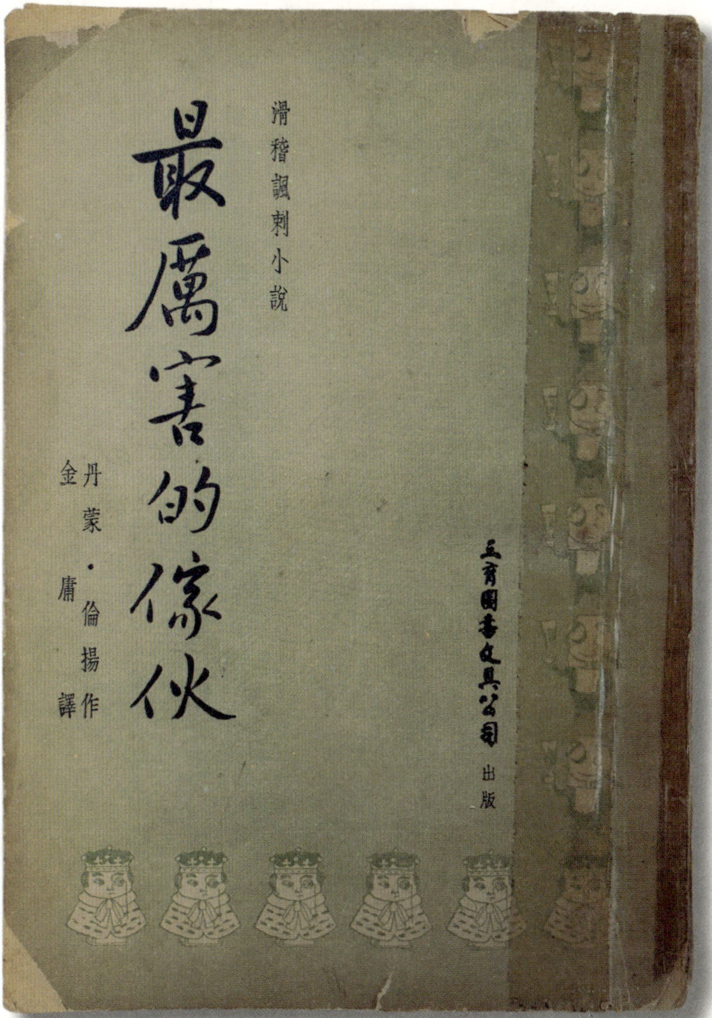

《最厉害的家伙》（三育图书文具公司出版）

譯者後記

丹蒙・倫揚（Damon Runyon）是美國小說界的一個怪才，他所寫的小說獨樹一幟，別出心裁，常有意想不到之奇。一般人都拿他與奧・亨利並列，不過奧・亨利是早一輩的人，不像倫揚作品中寫的都是二十世紀的人物。

倫揚的文筆非常奇特，全部沒有過去式，而俚語之多之怪，在美國作家中也是罕有的。

他寫的大都是紐約百老滙黑社會中大大小小的人物，由此可以看出美國社會的情況。他每一篇小說都很滑稽，但總多多少少反映出了美國生活的一面。

倫揚逝世後火葬，骨灰用飛機撒佈在紐約百老滙上空，這是他遺囑中規定的。

這個集子中共收了他七篇短篇小說。「吃飯比賽」是對節食者的諷刺。「檸檬少爺」有很强烈的社會意義，在滑稽中含有辛酸的眼淚。「記者之妻」是拿一個卑鄙的所謂「上流人」，來和一個好心腸的流氓相對照。「十二槍將」諷刺無聊的匪徒影片對年青觀衆所造成的心理上的後果。「最厲害的傢伙」取笑專門刮龍的庸醫。「超等

三育版《最厉害的家伙》译者后记页一

大脚」嘲笑在紐約這商業社會中，「信用」與「商業合約」是這麼一回事。「戀愛大王」則叙述一個賣蘋果的窮老太婆，遠比那些珠光寶氣的太太小姐們有良心得多。

三育版《最厉害的家伙》译者后记页二

吃饭比赛（三育版《最厉害的家伙》插图之一）

格立格斯貝緊跟在檸檬少爺身後追了幾碼路。

柠檬少爷（三育版《最厉害的家伙》插图之二）

记者之妻（三育版《最厉害的家伙》插图之三）

他進來時，攝影記者就大拍其照。

十二枪将（三育版《最厉害的家伙》插图之四）

鐵銹大叫一聲喂，這些人都回頭一望。

最厉害的家伙（三育版《最厉害的家伙》插图之五）

超等大脚（三育版《最厉害的家伙》插图之六）

恋爱大王（三育版《最厉害的家伙》插图之七）

编者语

创作翻译　双璧同辉

李以建

自中国近代启蒙思想家、翻译家严复在《天演论·译例言》提出“译事三难：信、达、雅”，百年来翻译界奉此为圭臬。翻译要达到此“三难原则”，并非易事，译者需要具备对翻译双语的真正通达。何谓通达，以英文翻译来说，即不仅要精通中英文，包括文化、历史、专业、语言等领域的融会贯通，还要真正把握中文的表达，拥有精湛的写作能力。二者互为基础，相辅相成，故人们常称翻译是二次创作。

金庸具备这种对中英文的通达。一方面，他是中国武侠小说的一代宗师，创作的十五部小说脍炙人口，是文学史殿堂的里程碑。毋庸置疑，金庸的中文造诣和文学创作都臻于化境。另一方面，金庸毕生还翻译了大量的英文作品，从早期供报纸发表的及时性新闻报道、国际问题专论，之后新闻纪实性的长篇报道，再扩展到电影理论和技巧、舞蹈艺术，以及小说、政论。翻译作品之多，内容之丰，领域之广，亦令人叹为观止。至为精彩的是，以他的生花妙笔运用在英文翻译上，“信达雅”自不在话下，故金庸亦堪称翻译的大家。

诚如金庸所说，“我自己以为，文学的想像力是天赋的，故事的组织力也是天赋的”，“至于语言文字的运用，则由于多读书及后天的努力”。无论是小说创作，还是英文翻译，首先都来自于最基础的大量阅读，即“多读书”。仅从金庸的数万册藏书看，以文学、历史、哲学、宗教为主，其中文学书籍所占的比例最大，基本上都是古今的中外名著。中文方面有线装版的中国古典文学名著、诗词文集，20世纪30—40年代良友图书公司出版的文学系列丛书，50年代出版的各种翻译小说，以及现当代作家的著作。英文方面，也集中在古今的世界名著：有简装版、精装版，还有小羊皮豪华装帧封面的英法小说和戏剧全集。此外，还有不少中英文的各种图册、大型画册等。

论中文。金庸出身书香门第，幼承庭训，接受传统式的教育，深受儒家思想的影响。他博览群书，遍读各类典籍，平时尤喜翻阅《资治通鉴》《二十四史》《二十五史》等。他饱读诗书，喜欢写诗填词。金庸谈到自己的创作时说：“年轻时培养我创作能力和写作能力最主要的因素是读书，特别是读小说。”他曾回忆，“我父亲是一位热心的小说读者，家中藏书相当多”，“我在小学期间，读过的小说就已不少”，小学的“图书馆里书籍也相当丰富”。父母因担忧他“一天到晚的看书”会影响身体健康，常带他到野外游玩，“但我只敷衍了事地玩一下，又去读小说了”。他青年时期受哥哥的启迪，开始接受五四新文化，读了大量的中外文学名著。“我哥哥查良铿学习古典文学和新文学，在上海上大学，他花费不少钱买书，常常弄得饭钱也不够”。在哥哥的影响和熏陶下，他如饥似渴地阅读大量中国文学名著，又汲取外国涌入的新思潮。他“年轻时代最爱读的三部书是《水浒传》《三国演义》以及法国大仲马的《三个火枪手》及其续集（这部书是伍光建先生翻译的，译名是《侠隐记》《续侠隐记》）”，还有法国小说《十五小豪杰》等。他说，“《三国演义》的文字中，文言成分较多，我在小学生时代就津津有味地读了，虽然有许多文句不懂，但故事和人物的吸引力太大，终于跳过不懂的部分，一路读完”，还因为自己偏爱刘备的蜀汉一方，“为此和我大哥激烈辩论了几个小时”。（以上引述参见金庸、池田大作《探求一个灿烂的世纪》，明河社1998年版）这种好读书的习惯，伴随着金庸的一生。从他留存的众多藏书中，如多卷本的《资治通鉴》和《续资治通鉴》，处处可见他用红笔写下的眉批、中批、札记。

论英文。从金庸的人生和职业经历看，他抗战时期“高中毕业后，到重庆升大学，考取了中央政治大学的外文系，其后又因与国民党职业学生冲突而被学校开除，战后到上海入东吴法学院读国际法”。从1946年秋金庸初次踏入报界，谋求第一份职业，担任杭州《东南日报》的国际电讯翻译编译；紧接着第二年以优异的中英文笔试和口试成绩被《大公报》录用为电讯翻译；直到2010年以英文撰写论文《唐代盛世继承皇位制度》获得英国剑桥大学哲学博士学位，金庸的一生都与英文结下不解之缘。除了勤奋自学英语外，在刚踏进人生职场时，他还遇到了好几位良师益友，令其英语水平有突飞猛进的提升，翻译逐渐步入成熟的佳境。

1948年金庸被《大公报》派到香港担任编辑，其时的《大公报》不仅声名远著，而且汇聚了一大批文化精英。仅以金庸任职的国际部来说，年轻的金庸有幸能与著名的记者、作家、翻译家萧乾共事，得到萧乾的指点和帮助。金庸在回忆中，不无感激地谈到，“在香港大公报向左转前后这段时期中，我在报馆中学到东西，实在比大学中学到的更多。萧乾先生是我西洋文学的导师，杨刚大姐是我国际政治的导师”，“他们的亲切和热诚，我终身会记得的”。

“那时我年纪轻，职位低，他们对我都很是照顾，尤其是萧乾先生，他对西洋文学的爱好、自由主义者的气质，特别和我谈得来。詹姆士·乔埃士那部现代派技术的小说《攸利塞斯》(即《尤利西斯》)，我读来读去不懂的地方太多，工作之暇，常常向萧先生请教。他总是热心地指点”。萧乾（1910—1999）早年留学英国，攻读学位后在英伦大学执教，1949年后历任中国作家协会顾问、中央文史研究馆馆长，其翻译著作等身，其中包括《好兵帅克》《大伟人江奈生·魏尔德传》《莎士比亚戏剧故事集》，以及世界名著《尤利西斯》。杨刚（1905—1957）毕业于燕京大学，主修英国文学，曾留学美国哈佛大学女子学院。历任香港《大公报·文艺》主编、《大公报》特派驻美记者、《人民日报》副总编辑。她是第一位参加美国总统举行的记者招待会的中国女记者，曾发表大量短篇小说、诗歌、散文和文艺评论，并用英文写小说《日记拾遗》，翻译了英国女作家简·奥斯丁的长篇小说《傲慢与偏见》，由商务印书馆出版。(参见金庸《谈“彷徨与选择”》）金庸还曾谈到：“在《大公报》工作时，翻译主任杨历樵先生教了我不少翻译的诀窍。”(《探求一个灿烂的世纪》）由此可见，金庸不仅从这些良师益友身上受益良多，而且更获得前辈的鼓励和支持，当时年仅24岁的金庸，初来香港不久，就开始撰写《大公报》的社评和国际问题专栏文章。

本书编选的金庸译文就是他在《大公报》期间的作品，仅选文学部分，即金庸翻译的小说。这十二篇短篇小说译自《百老汇的鲁尼恩》(*RUNYON ON BROADWAY*)，最早均作为连载小说，以白香光、温华篆为笔名，相继发表在《大公报》上。之后金庸挑选了七篇结集成书，取其中一篇小说《最厉害的家伙》为书名，署名金庸，由（香港）三育图书文具公司于1956年4月出版。本书在七篇小说之外，还收录了目前所查阅到的其他五篇金庸翻译小说。

美国小说家达蒙·鲁尼恩（Damon Runyon，1880—1946），金庸译为丹蒙·伦扬，曾作为战地记者亲历墨西哥战争和第一次世界大战，后来成为报纸体育专栏的撰稿人和作家。金庸在“译者后记”里称其“是美国小说界的一个怪才，他所写的小说独树一帜，别出心裁，常有意想不到之奇”，“写的大都是纽约百老汇黑社会中大大小小的人物，由此可以看出美国社会的情况”。

达蒙·鲁尼恩的短篇小说，可谓篇篇珠玑。本书开篇的《记者之妻》(*ROMANCE IN THE ROARING FORTIES*)更是世界短篇小说的经典之作。故事一波三折，前大半部分极尽铺垫之能事，情节随着悬念的渲染不断推进，在读者以为大战即将爆发之际，却突然峰回路转，以喜剧的笔调道出内里难言的苦衷。更有趣味的是，故事并不到此为止，又紧接着连连反转，抖开更多的秘密，其节奏紧锣密鼓，步步进逼，让读者几乎透不过气来，非一读到底不可。小说以有情人终成眷属作结，篇末却又捎带一笔，透露了耐人寻味的玄机。

《柠檬少爷》(*THE LEMON DROP KID*) 堪与莫泊桑的《项链》媲美，虽然故事情节完全不同，但二者描写的同样是小人物的命运，不仅入木三分地勾勒出处于社会底层小人物的生存艰辛，而且透现出冥冥之中那难以预测的命运对人的残酷拨弄，意料之外的结局所带来的是啼笑皆非的深刻惨痛和莫名无奈。《吃饭比赛》(*A PIECE OF PIE*)中带夸张的描写和精彩的铺陈，最后结局的惊人之喜，又浓浓地抹上一层喜剧温馨的色彩。《最厉害的家伙》(*BLOOD PRESSURE*)，主人翁铁锈查理是无人不惧，且蛮横无理、几近无赖的恶棍，从赌场的公开作弊勒索、沿街挥拳夺车、直到夜总会制服诸多警员，他的凶狠和霸道无处不见，但最后的回家一幕却来个天翻地覆的变化，原来他是个极度畏惧老婆的男人。这对比反差极为强烈，前面的所有叙述和铺垫都被最后的一幕所推翻，造成极大的喜剧性讽刺效果。《恋爱大王》(*THE BRAIN GOES HOME*) 则是对上流社会的辛辣嘲讽，无情揭开了披蒙在所谓爱情、婚姻表面的遮羞布，暴露出金钱主宰一切的肮脏本性，诚如作者所言，尽管他们珠光宝气，仪表堂堂，但他们只是一些丧失了良心的行尸走肉。

达蒙·鲁尼恩的小说构思精巧，结构奇特，常常篇末笔峰一转，令情节出人意料之外，却又都在情理之中，其精彩绝伦令人耳目一新，堪同美国著名小说家欧·亨利媲美。《超等大脚》(*A VERY HONORABLE GUY*) 构思奇妙，为借钱还债恪守信用，宁可出卖自己的身体甚至性命，以表达真心的爱意。悲剧的开端最后却出现了喜剧的收场，原来其中暗藏局中局，套中套，道出了人性深处的爱恨情仇。《马场经纪》(*THE SNATCHING OF BOOKIE BOB*)，三个嗜赌如命的绑匪，与被绑者之间智斗，最后偷鸡不成反蚀一把米。赌徒和骗徒的心理被刻画得淋漓尽致，读者在笑声中目睹一场骗局的始末，篇末又一语道破天机。《开夹万专家》(*BUTCH MINDS THE BABY*) 貌似叙述一桩盗窃保险箱的传奇经历，内里却通过将彪悍粗野的惯犯和稚嫩无瑕的幼儿二者的人物白描，透现出人性深处那种护犊情深的父爱。如果说，《十二枪将》(*TOBIAS THE TERRIBLE*) 写一出荒唐的闹剧，讽刺现实社会；那么，《圣诞老人》(*DANCING DAN'S CHRISTMAS*) 则写一部令人感伤的喜剧，道出底层社会穷人的困境。《会一会总统》(*A CALL ON THE PRESIDENT*)则是用一位老人的口吻，表面上絮絮叨叨，实际上却描述了一位极为善良慈悲的最底层的政府公务员——邮差平凡而伟大的一生。

金庸指出达蒙·鲁尼恩的文笔“非常奇特，全部没有过去式，而俚语之多之怪，在美国作家中也是罕有的”。为此，金庸的译作中也使用了很多香港本地方言——广东话，令整部译作更接地气，尤显风趣。由此反观金庸的武侠小说，虽然无法见到其模仿的明显痕迹，但译作凸显出作者以轻松幽默、诙谐调侃的笔调，对不同人物的把握和刻画、篇章结构的总体驾驭、情节悬念的精心安排，显然都可以在金庸笔下找到某些隐藏式的蛛丝马迹。

承蒙查林乐怡女士的同意和明河社的授权，本书得以编选付梓，谨此致以最衷心的感谢。同时，承蒙明河社吴玉芬小姐的支持，广州市朗声图书有限公司欧阳群董事长的策划，责任编辑何娴、田宇星，以及责任校对林春光、颜云雁的认真和负责，在此一并致谢！

目录

记者之妻

只有大傻瓜才会对达夫的女朋友看上两眼，因为达夫可以忍受第一眼，他想这或许是一种错误，但如果你看上第二眼，他一定要生气。倘使达夫对你生了气，那你就晦气了。

但这个温契特却是一个百分之一百的傻瓜，所以他竟向达夫的女朋友看了好几眼，而且她竟向他还看了好几眼，那就糟了。一个男人与女人互相地看来看去看上好几眼，那必定是糟了。

温契特是一个相貌漂亮的青年，《百老汇晨报》的记者。他常常报道夜总会中的消息，打架自杀等等，还写许多谁跟谁常常在一起玩，包括男人与女人。

有时候这些新闻很使人狼狈，因为在两个一起玩的人中间，可能有一个是已经结了婚，而另一个则没有结婚，但温契特在写新闻时当然不能够要他们一个一个拿出结婚证书来看啊。

如果温契特知道柏蕾小姐是达夫的女朋友，他决不会向她看上第二眼，但等到有人告诉他时，他已经看了第二眼或第三眼了，而这时候柏蕾小姐也开始还看他起来，温契特就着了迷了。

事实上，他真是一个笨虫傻瓜，他竟不管她是谁的女朋友。以我个人而论，我也不能过分责备他，因为柏蕾小姐的确是值得令人看上几眼的，特别是当她在马丁小姐夜总会中跳踢跶舞的时候。但即使她是全世界最好的舞女，只要我知道她是达夫的女朋友，我决不会向她看上第二眼，因为达夫对于他的女朋友是极其看重的。

他对于柏蕾小姐尤其看重，他送她皮大衣、钻石戒指，以及其他许多东西，但她立刻送还，因为她是决意不收男人礼物的。全百老汇人都觉得很奇怪，大家以为她的个性有些特别。

不管怎样，达夫仍旧非常非常地喜欢她，大家也都认为她是他的女朋友而不敢触犯，直到这个温契特闯了进来。

当他闯进来时，达夫不在这里，他在摩杜克贩酒。等到达夫回来时，柏蕾小姐与温契特两人已到达手挽手同进同出的阶段，而互相看来看去也不知看了几千几百眼了。

当然没有人告诉他这件事，因为大家怕他发怒。甚至马丁小姐也没有告诉他，这是非常不寻常的，马丁小姐只要知道什么事情马上就会说出来，甚至事情还没有发生，她已先说了出来。

你知道，达夫如果发了怒，他会把别人的脑子都打出来，而从这件事上看来，他不会去打出另外人的脑子，要打就打温契特的，虽然有许多人说温契特根本没有脑子，否则他决不会去和达夫的女朋友搭七搭八。

我知道达夫非常非常地爱柏蕾小姐，因为我听到他常常谈起她，他对她极有礼貌，与她在一起时从来不说脏话或做出什么粗鲁的事来。还有，有一天晚上独眼龙沙莱有点喝醉了，他说起柏蕾小姐交际很广，这话并没有恶意，因为许多男人都这样说女人们的。

但达夫立刻跑过去在独眼龙沙莱的脸上猛击一拳，从此以后大家知道达夫很爱柏蕾小姐。达夫对有些女人常常是很好感的，不错，不过他决不会为了她们而去在别人的脸上猛击一拳。

嗯，有一天晚上事情发生了，达夫走进马丁小姐夜总会，一进门他就看见温契特与柏蕾小姐两人在非常友好地互相吻来吻去。达夫马上伸手到袋里，想摸出家伙来向温契特开上一两枪，但他事先没有预料到这天晚上要向什么人开上一两枪，所以口袋里没有带家伙。

于是达夫走了过去，温契特听见他的脚步声，就放开了搂着柏蕾小姐的手，达夫伸出右拳在他脸上猛击一下。我可保证，达夫的右拳是非常非常有力的，虽然他的左手拳或许没有乔路易厉害。这位记者先生的腿弯曲了，他跌倒在地上。

柏蕾小姐大叫起来，她的叫声连朴特莱街上的人都听得见，她跑过去伏在温契特身上大哭起来。每个人都可以听见她说，达夫是一个大流氓，她自己心中很爱温契特等等。达夫跑过去提起脚来要给温契特一只火腿尝尝，在这种情形之下，大家认为这是一件惯例，但他似乎突然改变了心思，非但没有一脚把温契特踢得翻几个转身，他自己反而走出了夜总会，脸色铁青，极其难看，有人看见他到小鸡酒店里去喝了很多很多酒。

这的确是一个极不好的征象，因为时常到小鸡酒店里去和老板培达查拉聊聊天的人虽然很多，但极少有人在那边喝酒，因为小鸡酒店里的酒目的是供给顾客们喝的，质量如何我也不必多说。

于是柏蕾小姐把温契特拉起来，用她的手帕在他脸上揩拭，不久之后他完全好了，只是脸上肿起了一大块。她告诉温契特，达夫是多么坏的一个大流氓，说了很久很久。一直到后来，马丁小姐才把柏蕾小姐叫去，大大地责备她，不应该把花钱如水的达夫赶了出去。

“你是个一事不知的小傻瓜，”马丁小姐对柏蕾小姐说，“你永远不能嫁给这个新闻记者的，大家都知道达夫是一个很厉害的家伙。”

“但我爱温契特，”柏蕾小姐说，“他非常风流多情。他不像达夫那样是一个酒徒、凶手。他在报上替我写了许多可爱的捧场文章，而且他是个上等人。”

马丁小姐当然不会去和她辩论上等人不上等人的问题，因为她这夜总会中根本上等人来得很少，并且她不愿得罪温契特，说不定他会在报上写些文章攻击她这夜总会，所以她一切不管了。

柏蕾小姐与温契特继续常常在一起手挽手，有时也互相接吻，年轻人总是这样的，达夫则绝足不到马丁小姐夜总会来，一切似乎都没有问题了。我们大家都很高兴，因为达夫如果去和一个新闻记者作对头，结果一定不会好的。我想达夫不久就会另外去找一个女朋友，把柏蕾忘了，因为最近我又向柏蕾小姐看了一眼，见她除了是红头发之外，与其他跳踢跶舞的舞女也没有什么不同。跳踢跶舞的舞女一般总是黑头发的，但我不知道那是什么原因。

马丁小姐夜总会的门房莫许对我说，马丁小姐还在帮达夫的忙，他说他听见有一天晚上她对柏蕾小姐说，“你手上没有戴什么亮晶晶呀!”

马丁小姐的意思是说柏蕾小姐手指上没有戴金刚钻，马丁小姐是一个老资格的女人了，她认为凡是一个男人真正爱上了一个女人，他必定会用金刚钻来证明他的爱情。马丁小姐自己就有许多钻石，虽然，我想破了脑壳都想不出，为什么居然会有人对这老太婆发狂而送钻石给她。

我是一个东奔西走的家伙，所以也不大遇见达夫，直到有一个星期日下午，达夫手下的一个小兄弟麦高文走来对我说：“你以为怎样? 达夫刚才带那个记者出去游车河去了!”

麦高文非常激动，隔了很久，我才能使他冷静下来解释。事情是这样的，达夫把他最大的汽车从汽车间里开出来，叫他的司机华乔到《百老汇晨报》报馆去通知温契特说，柏蕾小姐在五十九街马丁小姐的公寓里等他。当然这完全是一套无稽之谈，但温契特却非常相信而坐进他的汽车。华乔把他送到马丁小姐的公寓，谁在那边等他呢，原来是达夫，他也坐进汽车，两人一起走了。

这的确是一个很坏的消息，因为每次达夫带一个家伙出去游车河，这个家伙通常总是永不再回来的。我从不去问这个家伙到底怎样了，在这城里，如果你喜欢东问西问，最好的收获就是脸上吃他妈的一两记耳光。但对于这件事我却非常担心，因为我喜欢达夫，并且我知道带一个新闻记者如温契特之流的人出去游车河，很容易引起别人谈论，尤其是如果他永不再回来了。如果达夫带别人出去游车河，那倒也没有关系，但这个家伙虽然是一个大傻瓜，只因为他是报馆里的人，可能引起麻烦的。

我对于报纸的事情，不是吹牛，倒也相当在行，我知道不久之后，编辑或者另外什么人会查问温契特所写的本埠新闻稿子到哪里去了，如果查出来温契特没有写稿子，编辑就要查问为什么。最后其他的人也要问为什么，不久之后，就有许多许多家伙跑来跑去问："温契特到哪里去了？"

如果这城里有许多家伙这样跑来跑去地问，这事就神秘起来，于是各种报纸就要攻击警察，警察就要攻击这个那个，终于全城吵嚷不堪，使人无地容身。

怎么办呢？我不知道。以我个人而论，我觉得很不舒服，当麦高文去打电话时，我想最好是到一个什么地方去，使人家看见我，如果我将来被牵涉到这件案子里，可以叫他们证明我并不和达夫在一起。

后来麦高文回来了，非常非常的紧张，他说："嗨，达夫现在公园道的木鸡旅馆里，他叫大家立刻都到那边去。柏斯登刚才接到电话就通知我。什么事情一定发生了。大家都要到那边去，我们也走吧。”我心里实在有点勉强，这时候最好不要与达夫在一起。这时光他不是已经干掉了温契特，就是将要干掉温契特，而干掉一个人等等这些事我是不愿意参加的。

以我个人而论，我对新闻记者并无恶感，如果达夫要干掉温契特，很好，我也不反对，但他何必叫大家都去呢？这时我已坐在麦高文的车子里，他正开足马力向前飞驰，他妈的红灯绿灯交通规则，他表示根本不放在老子心上。

当我们驶出了热闹的市街，我把这件事仔细地想了一下，我想达夫心中还在喜欢柏蕾小姐，并且喝了许多那种在小鸡酒店里出卖的酒，以致脑筋弄得糊里糊涂。在这城里，女人是一毫子[①]可以买到一打，如果他的脑筋不是糊里糊涂，决不至于为了一个女人而把一个新闻记者弄出去游车河。

不过我在报纸上确实看到有许多家伙，这种人有时会与女人勾三搭四，甚至心里会真的爱上一个女人，于是从楼窗里跳了下来，或者一枪打死了自己，或者打死了别人，所以我想达夫恐怕也会为了一个女人而乱七八糟地干

① 一毫子，粤语指一毛钱。

起来。

我见麦高文也有些担心，但他没有说什么。我们的车子开到了木鸡旅馆，旅馆外面停了许多汽车，其中有许多我认得是谁的。

木鸡旅馆的地方相当偏僻，老板大尼格货真价实的确是一个很好的人，任何人都是他的朋友。旅馆里有乐队，有漂亮的舞女，以及其他种种供人娱乐的东西。到那边玩玩很是不错，虽然尼格的酒并没有什么了不起。达夫常常光顾这旅馆的。里面人很多，当我们走进去时，走出来迎接的不是别人，正是达夫，他向我们大“喂”了一声。他红光满面，神情紧张，但似乎并不像要干掉什么人，更没有要去干掉一个新闻记者的样子。

“进来，你们这两个家伙!”达夫大叫，“快进来。”

我们就走了进去，大厅里有许多许多人，有的坐在桌边，有的在跳舞，我看见马丁小姐全身各处挂满了金刚钻，还有柏斯登、大脚山姆、汤尼、“长柄水勺”波利佛、希腊人尼克、德莱，以及其他许多男人与女人。

事实上，似乎百老汇全区的人都来了，柏蕾小姐也在那里，她穿了白色的礼服，捧着一丛兰花，跑来跑去地微笑，与人握手。最后我还看见那位新闻记者温契特，一个人坐在一张桌边，但我看他身上并没有什么损伤。到现在为止，这家伙还是完整的一块，并且是活的。“达夫，”我轻轻地对达夫说，“怎么样了？我看一切还是小心点好，不要闹出乱子。”

“什么?”达夫说，“你说什么事啊，我们只是要举行婚礼罢了，这将是最盛大的婚礼。我们在等证婚的牧师。”

“你说有人要结婚?”我问，弄得莫名其妙。

“当然，”达夫说。“你以为怎么样?”

“谁结婚?”

“柏蕾与那个记者，”达夫说，“这是我一生中所做的最伟大的事情。前两天我碰到柏蕾，她哭得眼珠都要哭出来了，因为她爱这个记者，想嫁给她，但这个家伙却没有钱结婚。于是我拍拍胸膛对柏蕾说一切交给老子，你知道我心中非常非常爱她，希望她能永远快乐，所以我筹备了这个婚礼。他们结婚之后我还要给他们几千元，使他们能舒舒服服地开始过日子。”达夫说，“但我不告诉这个记者，叫柏蕾也不要告诉他，好使他突然地惊喜交集。今天下午我把他绑架到这里来，他吓得半死，以为这一次我一定要把他的小性命送终了。”

“事实上，”达夫说，“我从来没有见过人会吓得这样厉害。他现在还是魂不附体的样子。你去叫他开心起来，把他的灵魂儿收回来。幸福与快乐在这里等他。”

我听到达夫说他不过是要叫温契特结婚，没有更坏的事要对付他，大为放心，就走到温契特身边。他的确有些惊心丧胆的样子，蜷缩在一团，两目无神地呆瞪着。我见他真的是吓坏了，于是喜气洋洋地在他背上拍拍说："恭喜，恭喜，老兄！大祸还没有临头呀！"

"已经临头了！"温契特说，他的语气极为认真，完全不是开玩笑的模样，不禁使我颇为诧异。

"你是一个漂亮的新郎，"我说，"你的样子不像要结婚，简直是像在送丧。你为什么不哈哈哈地笑笑，为什么不去灌他妈的几杯黄汤呢？"

"先生，"温契特说，"我的老婆不会愿意我去和柏蕾小姐结婚的。"

"你的老婆？"我大吃一惊，"你说什么？除了柏蕾小姐之外你还有什么老婆？真是胡说八道。"

"我晓得，"温契特很难受地说，"我晓得。不管你怎么说，我总是有老婆的，如果她知道了这件事，一定会大发脾气。我老婆对我是毫不客气的。我老婆叫做沙波拉，是马戏团里的演员。我与她结婚五年了。她身体很强壮，在马戏团中表演叠罗汉时，她身上要站四个男人。她到外码头去演出了一年，刚才回来。这时候住在麦克斯旅馆。这件事真要把我毁了。"

“柏蕾小姐知道这个老婆的事么?”我问。

“不,”他说,“不知道。她总以为我是独身汉。”

“但达夫把你绑到这里与柏蕾小姐结婚时，你为什么不告诉他呢?”我问，“我想一个新闻记者总应该知道，与好几个女人结婚是犯法的，除非你是土耳其人，或者是诸如此类的东西。”

“嗯,”温契特说,“我把达夫的女朋友抢来了，现在又告诉他我是结过婚的，我相信达夫一定会大发脾气，可能做出一些妨碍到敝人健康的行为来。”这家伙的话倒也不错。我自己也相信，如果达夫知道了这件事，不动肝火那才怪，尤其是他想到柏蕾小姐会因此而伤心。但我也想不出什么办法来，只好让婚礼进行下去。或许温契特脱离了达夫的掌握之后，会去宣称自己神经失常，声明婚姻无效。我希望达夫知道温契特已经结过婚的时候，我已经离开他们很远很远，以便如有刑事案件发生，绝对与本人无涉。

我想最好还是走开一点为妙，正在这时，门边人头挤挤，达夫大叫说牧师来了。这牧师的模样不错，只是他看见这许多人觉得有点吃惊，尤其是见到马丁小姐过去招呼他，更是心慌意乱。马丁小姐告诉他，她很喜欢牧师，与牧师们可说有相当熟悉，因为在她多次结婚中，有两次是牧师证婚的，另外两次是律师证婚，一次在船上，那是船长证婚的。这时候除了牧师、我、温契特与柏蕾小姐之外，每个人都有些醉醺醺了。温契特仍旧坐在那里，样子很是伤心，对于柏蕾小姐的话，只回答“是”或“不”。柏蕾小姐则跳来蹦去的非常高兴。

达夫比任何人都还要醉，因为早在两三天前，他碰到人就要和人干杯。在达夫喝醉了的时候，他的脾气实在有些难以捉摸，他随时都可能奉送几记耳光给你，不过这时候他倒丝毫没有动手动脚的趋势。

终于尼格把舞池中的宾客都请到旁边去了，他叫人抬出一个很美丽的鲜花扎成的彩牌来。大概柏蕾小姐与温契特要在这彩牌底下结婚。我想达夫一定在好几天之前就开始准备这场婚礼，而且一定花了不少钱，尤其是我看见他拿一只钻石戒指给马丁小姐看，这颗钻石简直有一滴咳嗽药水那么大。“这戒指是送给新娘的，”达夫说，“那个水皮[①]记者绝没有钱买这样大的一块石头，但她心中是很喜欢大钻石的。我刚才从一个家伙那里买来，他是在洛杉矶搞来的。我要亲手去交给新娘，我应该怎样做？马丁，我希望一切都照书上规定的做。”

① 水皮，粤语指差劲，没本事。

马丁小姐开始回忆她从前的各次婚礼，想记起来告诉达夫，那时我向温契特望了一眼，看看他怎么样了。我从前见过两个被判死刑的犯人在辛辛监狱里坐电椅，拿他们来与这时候的温契特相比，我要说那两个犯人简直是在哈哈大笑。

柏蕾小姐坐在他旁边，乐队指挥正在臭骂那些队员，因为他们没有一个人记得起《结婚进行曲》的拍子，达夫大叫了："都准备好了，这对快乐的新夫妇前进吧!"柏蕾小姐跳了起来，拉着温契特的手臂，把他从椅子中拖起来。我向他脸上望了一眼之后，我可以与你六比五打赌，担保他绝没有瞧见那个鲜花彩牌。但他终于走过去了，大家都大笑，拍手。牧师也走到了前面，达夫那副快乐的模样，我是一生一世从未见过。

突然，木鸡旅馆的大门拼命地响起来，还有一个女人在唏哩哗啦地大喊大叫，她的声音极粗，很像是男人，大家自然而然地转过头去看。门房沙克斯是一个很凶猛的人，这时候似乎在阻止什么人闯进来，但忽然"嘭"的一声，沙克斯跌倒了，进来了一个女人，大约四呎[①]高，五呎阔，事实上，我从来没有见过这样阔的女人。她似乎本来是一

① "呎""吋""哩"为"英尺""英寸""英里"旧制用法，现已停用。本书保留译者用字。

个很高大的人，后来被人家锤成这副样子的，她的脸几乎也有她的肩膀那样宽，不禁使我想起我洗脚的脚盆来。她跳着进来，样子非常愤怒，这时只听见有人“啊”了一声，我回过头去，看见温契特已软倒在地上，几乎把柏蕾小姐也拉倒了。嗯，那个阔女人大踏步地走到鲜花彩牌底下，粗声粗气地问：“谁是达夫？”

“我是达夫，”达夫走上前去说，“你这样砰砰嘭嘭地闯进来扰乱我们的婚礼，到底是什么意思？”

“都是你这衰鬼了，你把我亲爱的丈夫绑来与这红头发的婊子结婚，是你么？”这阔女人眼盯着达夫说，手却指着柏蕾小姐。

在达夫面前骂柏蕾小姐是婊子，那的的确确是一件非常严重的事，达夫非常气恼。他对于女人通常总是相当有礼貌的，但这次对这阔女人却决定要不客气了。“你当心着，”达夫说，“你还是趁早滚蛋的好，免得别人赏你几记耳光。你一定喝醉了，否则就在发疯。你到底在说什么？”

“你马上就会知道，”那个身材奇阔的女人叫道，“躺在地板上那个人是我正正式式的丈夫。你恐怕已经将他吓坏了，我这可怜的宝贝。你把他绑来与这红头发的烂污货结婚，我要你的狗命。你懂了么，我名字叫做沙波拉，你这混账王八蛋！”

大家听到这女人胆敢这样骂达夫，都非常吃惊，因为每个人心里都有数，比这种谩骂好听一百倍的话就会使达夫掏出枪来乒乒乓乓地干一下子。但这一次他倒没有，只说，“你说什么？谁是谁的丈夫？滚你妈的蛋！”他拉住那个阔女人的手臂。

她伸出左手，似乎要打达夫的脸，达夫自然把头向后一仰。但沙波拉左手拳是假动作，达夫头向后仰，肚皮当然凸了出来，她就用右手在他肚皮上猛击一拳。我一生中看过许许多多拳击比赛，但像这次那样清脆有力、姿势美妙，却是见所未见，叹为观止。这阔女人走上一步，只见达夫肚皮上拳如雨下。达夫刚才又吃又喝，当然肚皮上禁不住这许多拳头，所以他“啊”了一声就重重地坐倒在舞池中的地板上。他伸手到裤袋里去摸家伙，大家见了都四散奔逃，旁边只剩了沙波拉、柏蕾小姐和温契特。

但他手还未碰到枪，沙波拉就一把抓住他的领口把他提了起来。她放开手，让达夫非常狼狈地站着，她的右拳第二次又照准他的肚皮干了起来。

她的猛击使达夫再度倒在地上，沙波拉走过去，样子似乎要踢他几脚，其实她只过去扶起温契特，把他像一袋米那样扛在肩上，向门口走去。达夫坐了起来，这次他摸出手枪来了。

“站住，你这只雌老虎。”达夫大喊。

沙波拉头也不回，轻轻地拍温契特的头，“心爱的，甜蜜的”叫了许多，还说达夫这种坏人来欺侮她的心肝宝贝真是不应该。我看沙波拉似乎很爱这个记者。她走出门后，达夫站了起来看看柏蕾小姐，这时她正在打破全部的世界哭泣纪录。我们大家都走近去，每个人心里想，这次婚姻不成功，达夫一定要大发脾气。但他似乎只是非常失望与伤心。

“柏蕾！”他对柏蕾小姐说，“结婚不成功，我真是非常难受。我所希望的只是你的幸福，不过这只雌老虎在那记者身边，我想你就是嫁给他也不会快乐的。我这次做媒人完全垮台了。这是我一生一世惟一想做的好事，可惜还是做不成功。你等着，或许我能想法把这只雌老虎弄死，或者——”

“达夫，”柏蕾小姐说，流下了很多很多眼泪，似乎这些眼泪将她冲进了达夫怀抱，“如果我嫁给温契特这家伙，我永不会幸福的，现在我知道只有嫁给你才对。”

“嗯，嗯，嗯。”达夫说，大大的开心！“牧师呢？把牧师请来给我俩证婚啊！”

后来我碰见达夫夫妇，他们似乎很快乐。不过夫妻之间快乐不快乐旁人是不知道的，所以我从不告诉达夫，打电话到麦克斯旅馆去通知这雌老虎的就是我，因为说不定达夫还要怪我呢。

超等大脚

我在百老汇一带认识大脚山姆快有十年了，但我从来不和他打什么交道，因为我认为他是一个没有什么来头的人。事实上，他可以说是毫无价值。

第一，大脚山姆是做经纪的，和一个经纪混在一起，当然毫无道理。我认为，一个身上没有什么钱的人，你就无法捞他一笔。所以，虽然我对经纪很同情，常常希望他们能捞起来[①]，但我决不和他混在一起。很久以前，一个有经验的老头子对我说：

“孩子，”他说，“总是要想法捞钱，你捞到相当多的钱后，才会有人来和你在一起。”

所以我在纽约的这几年中，我总是设法和有钱佬一同进进出出，他们身上带满了大牛[②]，对于那些小商人、经

① 捞起来，粤语说法，意思是混出头。

② 大牛，五百元面值港币的俗称，这里指大面值钞票。

纪、老千之流，我就敬而远之。大脚山姆是纽约最不得意的经纪之一，自我认识他以来就是如此。

他是一个又高又大的家伙，下巴重重叠叠，有一双很滑稽的大脚，所以他绰号就叫“大脚”。这对脚是超等特号脚，甚至对于一个大个子，这对脚也实在太大了。“花花公子”达夫说，大脚山姆穿小提琴的匣子当鞋子。当然这句话是靠不住的，因为大脚山姆的脚绝对放不进一只小提琴的匣子里去，除非那是一只很大的提琴匣子，例如装低音提琴的匣子之类。

有一天晚上，我在“热盒夜总会”中看见大脚山姆在和一个名叫霍登丝的女人跳舞。她是乔治怀特歌舞团中的舞女，她所谓跳舞，只不过是站在大脚山姆的脚上而已，就好像站在一对雪橇上，而大脚山姆根本不知道。他只觉得今晚带这女人跳舞相当重，因为霍登丝并不是很瘦弱的。事实上，她可以算得上是中量级。

她有金黄色的头发，相当漂亮，她的真名字叫做安妮·奥勃朗，决不是什么霍登丝。她的故乡是纽泽西[①]州的纽瓦克，她爸爸是个的士司机，名叫史柯许·奥勃朗，假使有人问起，那么你可说他的脾气的确非常暴躁。

① 纽泽西，通常译作“新泽西”，美国州名。

她是一个脱衣舞的舞女，她所做的工作，只不过是身上挂一点儿布片，在乔治怀特的舞台上走来走去。每个人都认为她非常美貌，尤其是自项颈以下的部分，虽然就我个人而言，我对她并不多加注意，因为她对人相当傲慢无礼。我常在夜总会中见到她，她在那里时，总是戴上许多钻石手镯，穿了皮大衣，以及其他各种东西，所以我认为，就一个从纽泽西州纽瓦克来的女人而论，她是捞得相当不错的。

当然，大脚山姆不知道为什么除了霍登丝之外，还有这么许多女子喜欢和他跳舞，他想，或许他还有一点儿“老性感”。当“热盒夜总会”的司理昂利限制他只许每十支舞中跳一支时，他极为气恼。为什么要限制他呢？因为大脚山姆的脚占的地方太大，他一下舞池之后，另外只能再容两个人跳舞了，那个舞池是很小的。

关于大脚山姆的脚，我还要说点儿东西给你听听，因为这对脚实在大得稀奇。这对脚分成八字，向着不同的方向，所以当大脚山姆站在一个转角上时，非常非常难猜他到底要走哪一条路，因为他一只脚向着这边，而另一只脚又向着那一边。事实上，当大脚山姆站住不动的时候，明戴餐室中的顾客们就常常互相打赌，猜他走向哪一条路去。

大脚山姆依什么为生呢？他是尽力而为，在纽约，许许多多家伙都是这样搞而过活的，他在马场、赌场、拳赛场中东混西混，这里捞几文，那里骗骗老衬[1]，如此而已，但他一生从来没有捞起过。他总是在欠债还债中打圈子，我从来没有见他度过不愁钱的日子。

大脚山姆唯一的长处是对所欠的债极有信用，他欠了钱，一有钱就还。关于大脚山姆，这一点是众所公认的，虽然事实上，像大脚山姆这种捞家，如果他想维持信用而继续混下去，就非这样不可。但话又要说回来了，忘记还债的家伙还是非常众多的，说出来不免令你大吃一惊。

因为一般认为大脚的信用经常很好，所以他总是能借到一笔小小的款子，甚至白伦也肯借钱给他，白伦是决不轻易借钱给人的。事实上，白伦向来极难极难借钱给别人。

如果任何人向白伦借了不论多少钱，他马上就问，本利什么时候归还，如果他们说星期二清晨五时三十分，那么他们最好不要在星期二清晨五时三十一分还钱，否则白伦就会认为他们非常靠不住，永远不再借钱给他们了。如果有人在白伦面前失了信用，他在当地就很难混下去了，因为只有白伦身边才总是有钱的。

① 老衬，广东话，指傻瓜，愚笨。

再者，那些向白伦借了钱而没有准时归还的家伙，常常会遭到一些不寻常的事情，例如打破了鼻子，扭伤了脚踝，或者是其他的创伤，因为白伦有一批手下人，他们对于向白伦借了钱而不准时归还的人似乎极其痛恨。虽然如此，白伦还是常常出其不意地借钱给别人，因为他对于别人的性格，有一种奇妙的判断力，他对别人的看法从来没有错，而大脚山姆向白伦借钱时比任何人都容易。

白伦是一个极精明的家伙。众所周知，他在纽约开大赌场，还做其他各种类似的生意，白伦到底有多少钱，没有一个人知道，只晓得他钱很多很多，因为不论别人有多少钱，白伦迟早会设法把这些钱弄到手。以后我再和你谈白伦的事，但现在我只和你谈大脚山姆。

那是纽约一个极为寒冷的冬天，有钱佬都到米亚米、哈瓦那、纽奥良等温暖的地方避寒去了，把那些经纪留在纽约。大亨们走了之后，城中是没有什么活动了，一天晚上我在明戴餐室中遇见大脚山姆，他显得非常伤心。他问我身边有没有五元，但我当然不会拿五块钱给大脚山姆这种人，最后他提出妥协建议了，只要两元，大脚从五元跌价跌到两元，我知道他情况一定甚差甚差。

“我的房租每次都要拖欠。”大脚说。“我的包租婆心很硬，她不肯听我讲理。她说，如果我不马上付钱，她就要赶我出去。我捞得真糟，”大脚说，“我想我只好铤而走险了。”

我想不出大脚山姆能做什么铤而走险的事，除非是去工作，我知道不管局势发展到如何恶劣，他是决不会去工作的。事实上，我在百老汇混了这许多年，从没有听见哪一个经纪竟会铤而走险到去工作的地步。

我曾听人说，“花花公子”达夫曾想请大脚山姆干一件工作，即在纽约与费城之间贩私酒，薪水很高，但大脚拒绝了，他说他不能呼吸乡间的新鲜空气，多吸了会生病，他还说，听说贩私酒是犯法的，说不定会被抓去坐坐小房间。因此，我知道，不管大脚去做什么，那一定是一桩轻易不费力气的事。

“白伦还在纽约，”我对大脚说，“你为什么不问他借点钱？你在他面前信用很好啊。”

“最大的问题就在这个，”大脚说，“我已经欠了白伦一张小牛[①]，我要在星期一四点钟还给他，但我不知道到什么地方去弄这一百元，至于必须付给他的十元利息更不必提了。”

“你想怎么办？”我问他，因为这天是星期四，我觉得

---

① 小牛，面值一百元港币的俗称。

大脚去凑集这笔款子，时间已很紧迫了。

“我想自杀，”大脚说，非常伤心。“我活着对别人有什么好处？我没有亲人没有朋友，如果没有我，这世界还是好好的。不错，我要自杀。”

“在这里，自杀是犯法的，”我说，“虽然，我永远想不明白，一个人自杀之后，法律对他还有什么办法。”

“我才不在乎呢！”大脚说。“一切我都厌倦透了。我尤其厌倦做经纪。我裤袋里始终只不过是几个毫子。我做的事情，没有一样是成功的。”

大脚说：“我所以不自杀，惟一原因是我还欠白伦一张小牛，因为我不愿意在我死后，他到处宣扬说我的坏话。最糟最糟的事，是我在恋爱。我爱上了霍登丝。”

“霍登丝？”我说，大为惊讶。“哼，霍登丝只不过是一个大——”

“住口！”大脚说，“不许再说下去！我不准你说她是一个大冬瓜，或者大乜乜大物物[①]，因为我爱她。我没有她就活不下去。事实上，”大脚说，“没有她我也不想再活下去了。”

“嗯，”我说，“你爱她。霍登丝对你怎样？”

---

① 乜乜物物，粤语指“某某”。

“她不知道我在爱她，”大脚说。“我不好意思对她说，因为如果我对她说我爱她，霍登丝当然会要我买些钻石手镯给她，我当然买不起。但我想她非常喜欢我，因为她以一种异常的眼色看我。但是，”大脚说，“另外还有一个家伙也在喜欢她，他买钻石手镯送给她，这对我当然很不好。我不知道这家伙是谁，我想霍登丝也不见得会太把这家伙放在心上，但对于一个能买钻石手镯送给她的人，任何女人都会予以郑重考虑的。所以，我觉得除了自杀之外，实在是毫无办法。”

大脚山姆这种说法，我当然并不认为是正经话，我马上就忘记了他的烦恼，因为我想他总有解决的办法。但第二天晚上，他高高兴兴地走进明戴餐室来，我想他一定是在哪里捞到了一笔，因为他走路的神气，就像是身上有六十五元的样子。

但事实上大脚心中只想到了一个念头，而值得六十五元的念头是非常非常少的。

“今天下午我躺在床上转念头，”大脚说，“我在想怎样捞一笔钱来还欠白伦的债，或许还可还掉欠别人的债，还包租婆的房租，再余下一点钱来埋葬我自己。我要去卖掉我的身体。”

嗯，对于这番话我当然莫名其妙，所以我就要求大脚说明。他的念头是这样的：他要去找一个需要尸体的医生，把他自己的身体卖给他，卖多少钱当然是越多越好，等大脚在一定时间内自杀之后，就把尸体交给他。

“我知道，”大脚说，“这些医生总是在找尸体作解剖之用，现在，好的尸体是不大容易找的。”

“你想你的身体可以值得多少钱？”我问。

“嗯，”大脚说，“像我这样大的一个身体，至少可以值得一千大元。”

“大脚，”我说，“我觉得这真可怕。对于这种事情，我个人不大清楚，但我想医生们收买尸体，不见得是一磅一磅地算钱吧。我不相信你的身体可以卖一千元，尤其你现在还活着，因为医生怎么知道你死后会把尸体交给他？”

“嗯，”大脚气愤愤地说，“每个人都知道我从不赖债。我可以要他去问白伦，任何人去问他，他都可证明我的信用。”

嗯，我觉得大脚山姆讲的话根本没有什么意义，我想他的脑筋有些糊涂了，经纪时常是这样的，所以我对他也就没有多加注意。但星期一清晨，快到四点钟了，我正在明戴餐室里，走进了一个人来，此人非别，乃大脚是也，他拿着一把钱，神色很高兴。

白伦也在那里，他坐在对门的老位子上，这样，如有人想干掉他，他就可以先看见这个人，因为在纽约有许多人，白伦希望在他们进来时先看到他们。大脚走到他桌边，在白伦面前放了一张一百元和一张十元的钞票，白伦抬头看了一下钟，微笑着说：

“好，大脚，你没有过时。”

白伦对什么东西微笑一下，那是很罕有的事，但后来我听说他赢了孟德明两百元，孟德明赌大脚不会准时还钱，所以白伦有了一个微笑。

“喂，大脚，”白伦说，“有一个医生今天打电话给我，问我你是否很守信用，我对他说，你是百分之百的可靠，这一点你听了或许很高兴。我所以说你有信用，因为你从没有不守诺言过，你是不是生了病，还是什么事?”

“不，”大脚说，“我没有生病。我只和那个家伙有一点儿生意来往。你替我证明，谢谢你。”

于是他走到我桌边来，我看见他手中还有钱。我当然急于想知道他从什么地方捞到了这笔钱，他不久就告诉了我。

“我做成了上次告诉你的那笔生意，”大脚说，“我把我的身体卖给了派克道的一个医生，他名叫布德克，但我没有拿到预计中的一千元。似乎现在尸体的行市不俏，因为市场上来货很旺，布德克医生给了我四百元，说定三十天交货。”

“从前我还不知道，出卖身体有这么多的麻烦，”大脚说。“起初我向三个医生提出这笔生意时，他们都叫警察，以为我是一个疯子，但布德克医生这个老头子倒很好，愿意和我交易，尤其当我要他去问白伦时，他更加高兴。布德克医生说，他要找一个像我那样的头已经找了好几年了，因为他对于头颅似乎有特别的兴趣。但是，”大脚说，“我本来计划跳楼，现在得另想自杀办法了，因为布德克医生不愿我的头跌得稀烂。”

“嗯，”我说，“这听来真可怕，但那似乎是非法的。白伦知道你出卖身体吗？”

“不知道，”大脚说，“布德克医生只在电话中问他我是否有信用，没有告诉他为什么要问，白伦证明我有信用，布德克医生就表示满意了。现在我要去还包租婆的房租，再还掉一点零星债务，然后去大吃大喝一顿，再等待瓜直[①]的日子来临。”

但大脚山姆似乎并没有马上就去付包租婆的房租。他到的地方是市中心的克拉柯双骰赌场，那赌场中的下注以五百元为最高额，所以大亨们是不大去的，但小家伙们却

① 瓜直，广东话指死了、完蛋了。

在那里混得很热闹。当大脚走进赌场时，大聂克正在要掷成一个四点，大聂克要掷成四点是不容易的，其实任何人都不容易。

大脚山姆就站在旁边看，一名叫惠迪的家伙拿出一张一百元钞票来，说他愿以一对二赌大聂克掷成四点，他对大聂克的信心，显然比我强得多了。大脚当然马上掏出两张一百元的钞票来，那是凡有二百元的人都会这样干的，他以二百元与惠迪的一百元赌大聂克掷不成四点。大聂克一掷就掷出了一个七点，大脚就赢了。

嗯，简单的说一下吧，大脚在那里站了一会儿，与许多家伙们赌，赌另外的家伙掷不成四点，或者任何点儿，赌到最后，众所周知，大脚赢了六千元，把整个双骰局都打垮了。第二天晚上我在“热盒夜总会”看见他，那个大冬瓜霍登丝立在大脚的脚上跳舞，瞎子都可以看得见，她比以前至少多戴了三个钻石手镯。

一两晚后，我听见人说大脚和来自洛杉矶的大亨麦考马克赌牌，赢了他一万八千元，本来，大脚要想在牌上赢麦考马克这种人，正如我想打倒乔路易那样毫无希望。但当一个人赌到风头上时，是任何人都阻挡他不住的，大脚就是这样，每晚都会听见人说，他在这里赢了许许多多，在那里赢了许许多多。

他一天早晨到明戴餐室里来，我当然马上坐到他桌边去，因为大脚现在是有钱佬了，和有钱佬在一起混混当然很不坏。我正想问他近况如何，虽然我不问也知道他近况很好，突然走进来一个面貌凶狠的老头儿来，满脸是灰白胡子，眼睛从这些胡子中向外凝视，凶光毕露。大脚一看到这老头儿时面色顿时苍白，向他点点头，那老头儿也点点头就出去了。

“那个老胡子是谁?”我问大脚，“前天早晨他到这里来东看西看，使得大家都很紧张，因为没有人知道他是谁，也不知道他来找谁。”

大脚说：“他就是那个布德克医生了，他来视察一番，看我有没有溜走。”

大脚说：“我心中非常烦恼。”

“你担心什么?”我问，“你捞到了不少钱，在这个布德克医生来找你之前，你还有两个星期可以大吃大玩。”

“我知道，”大脚说，非常伤心。“但现在我有了钱之后，情况和从前大不相同了。我和这个医生做了这笔生意，现在非常懊悔。尤其是为了霍登丝的缘故。”

“和霍登丝有什么关系?”我问。

“我想她在开始爱我了，因为我买钻石手镯送给她，能比别的家伙买得多，”大脚说，“如果不是为了我还有这件事没有解决，我就会向她求婚了，她或许会答允的。”

“嗯，”我说，“那么你为什么不到那个老胡子那里，把钱还他，说你改变了主意，不想出卖身体了？虽然，饮水思源，如果不是由于那老胡子买你的身体，这许多钱你也捞不到。”

“我到他那里去过了。”大脚说。我看见他眼中有几颗大大的泪珠。“但他说，这笔生意不能作罢。他说他不肯把钱收回去；他要的是我的身体，因为我头颅的形状非常滑稽。我愿意还他四倍的钱，但他不肯收。他说，我的身体必须准时于三月一日交给他。”

“这件生意霍登丝知道么？”

“啊！不！不！”大脚说，“我永远不会告诉她，否则她会以为我发疯，霍登丝是不喜欢疯家伙的。事实上，她常对我谈起另外那个买钻石手镯送给她的家伙，说他有一点儿发疯，如果她觉得我也是那样，恐怕就不会理我了。”

这问题的确有点麻烦，如何处理我可不知道了。第二天我问一位做律师的朋友，他觉得这件生意如果去打官司，大脚是可以赢的，但我当然知道大脚是不愿意上法庭的，因为大脚上次上法庭是给别人做证人，哪知竟在拘留所中被关了十天。

那个律师说，大脚可以逃走啊。但我个人以为，白伦已向布德克医生保证大脚有信用，再逃走未免没有人格，再者，只要霍登丝在纽约，我想大脚是不会逃离这里的。我知道，对于大脚，她头上的一根头发，比大西洋的海底电线还要粗。

一个星期过去了，我不大看见大脚，只听人说他在双骰赌和纸牌中大赢特赢，还带霍登丝到各处的夜总会去玩，她现在得了这么多的手镯，以至手臂上戴不下了，她就在足踝上戴了几只，她的足踝很好看，不管有没有戴钻石镯子。

又过了一个星期，一天清晨大约四时半的样子，我站在明戴餐室前面，心里想，大脚的时辰到了，不知他如何对付这个老布德克医生。突然，从百老汇大道传来一阵急促的脚步声，我看到大脚在拼命奔跑，他跑得非常之快，和他的速度相比之下，旁边经过的每小时开三十五哩的的士就像是静止不动了。

大脚山姆拼命地奔过来。

街上没有红绿灯，在这样早的时候，街上来往的车辆也很少，大脚急急匆匆地冲过我的身旁，在他身后大约二十码，一个灰胡子的老头子在追他，此人非别，乃布德克医生是也。再者，他手中拿着一把长刀，他每跳一下，似乎都可能把刀砍到大脚身上。

嗯，这是一种惊人的景象，我就跟在他们后面想看一个水落石出，因为我一眼就知道，布德克医生是自己来取大脚的身体了。但我并不是一个良好的跑家，所以不久就看不见他们了，然而我听得见大脚蓬腾蓬腾的脚步声，总算还可跟随。

他们转向东，离开了百老汇而跑到第五十四街，当我终于跑到转角上时，看见有一群人挤在“热盒夜总会”门前，虽然我还没跑近去，但我知道这群人一定与大脚和布德克医生有关，那时大脚已经走进去了，布德克医生在和夜总会的看门人史温尼争辩。因为大脚经过史温尼身旁时，叫他不要让那个追他的人进去。史温尼是大脚的好朋友，就不让医生进去。

嗯，霍登丝是在“热盒夜总会”中等大脚，她看见大脚如此气也喘不过来地奔进来，当然大为吃惊，夜总会中每个人也都很惊异，包括管事昂利在内，那里的情形是他后来告诉我的，因为我当时是在门外。

“一个疯子拿了一把杀牛刀在追我，”大脚对霍登丝说，“如果他走了进来，我就瓜了。他正在门外想进来。”

现在，我要替霍登丝说一句好话了，她这个人勇敢得很。管事昂利对我说，霍登丝一点也没有激动，她只说她要去看看那个追逐大脚的人。

“热盒夜总会”的厨房有几扇窗子开向第五十四街，当布德克医生和史温尼争辩时，我听见一扇窗子打开的声音，霍登丝探出头来。她看了一眼就马上把头缩进去了，昂利后来对我说，她尖声叫了起来：

“老天，大脚！那就是这个糟老头子，他送了许多钻石手镯给我，要我嫁给他！”

“我的身体就是卖给他的！”大脚说，于是他把他与布德克医生做生意的那件事告诉了霍登丝。

“这完全是为了你，霍登丝，”大脚说，这当然是一句大大的谎话，因为开始时完全是为了白伦。“我爱你，我只想弄到一点钱，在我死之前让你过一下好日子。如果不是为了这笔生意，我早已向你求婚了。”

嗯，霍登丝投入了他的怀中，在他难看的嘴上吻了一下。

霍登丝对大脚说：“我也爱你的，大脚，因为从来没有人为我作这样重大的牺牲，甚至出卖他自己的身体。这桩生意不必放在心上。我马上就和你结婚，只是我们必须先打发掉楼下那个糟老头子。”

于是霍登丝又从窗中探出头去，向那个老布德克医生大叫。“走开，”她说，“走开，否则我要丢东西下来打你了，你这个老傻瓜。”

但老布德克医生一见她之后，反而更加发起狂来了，他开始非常猛烈地和史温尼挣扎，于是史温尼把他手中那把刀夺下来丢掉，免得伤人。

霍登丝在厨房中找寻东西来丢老布德克医生，她看到的只有一块很好的火腿，那是厨师刚拿出来放在桌上，准备切片而做火腿三文治的。这块火腿非常大，足可供“热盒夜总会”一个月之用，因为“热盒夜总会”中的火腿三文治的火腿是非常非常薄的。霍登丝不管三七二十一，拿起了火腿就跑到窗边，甚至没有瞄准目标就用力丢了下去。

嗯，这块火腿刚刚落在那可怜的老布德克医生头上。这医生没有跌倒，只是像喝醉了酒那样，开始摇摇摆摆。

我想帮助他一下，因为我觉得一个家伙处在这种情况之下非常可怜，再者，我觉得像霍登丝这样一个女人，竟用火腿来打人，也未免太不成话。

嗯，我扶住这个老医生，把他扶向百老汇的明戴餐室中，我扶他坐下来，给他要了一杯咖啡和一盘俾斯麦青鱼来恢复一下他的元气，有许多公民们围在他身边，表示极为同情。

“老友记，”那老医生四周望望，终于说话了，“你们瞧，我伤心透了。我不是傻瓜，虽然关于这问题，我的家人们当然会提出相反的意见。我爱上了霍登丝。自从那天晚上我第一次看见她在歌剧中扮演一朵向日葵花，我就爱上了她。我想娶她，因为我鳏居已经很久了，但我的儿子女儿们对于我再结婚这件事不大赞成。”

“事实上，”医生说，他把声音放得非常非常低，“我想结婚，他们甚至想把我锁起来。所以我从来不把霍登丝的事告诉他们，因为我怕他们会阻止我，但我深深地爱上了她，送了她许多美丽的礼物，虽然，由于我家人的缘故，我不能常常见她。后来，我发觉霍登丝和这个大脚山姆有了来往。”

“我非常非常地妒忌，”医生说，“但我不知道怎么办。最后，大脚竟鬼使神差地跑来说要把他的身体卖给我。我已很久没有开业行医了，但为了纪念性质，我在派克道还维持着一个诊所，他就到这诊所来找我。起初我还以为他发疯了，但他要我去问白伦，白伦说他可以担保大脚山姆，他极有信用。”

“我突然想到了，如果我照大脚山姆的提议，收买他的身体，那么他到期付不出，他就会开溜了，”医生说，“那么，他就不会来和我竞争霍登丝，不能成为我的情敌了。但他居然没有走。我当时没有估计到爱情的力量如此伟大，竟会令他不走。”

“最后，我妒火冲天，拿了一把刀追他，想把他吓得逃出本城。但太迟了。我发现霍登丝已经爱上了他，否则她不会拿一桶煤来丢在我头上而保护他。”

“是的，各位老友记，我伤心透了，”那老医生说，“我头上似乎还肿起了一大块。再者，霍登丝拿了我所有送给她的礼物，大脚山姆拿了我的钱，我是人财两失。我现在只希望我的女儿爱绿依丝不知道这件事，她是布拉东的老婆。上次我想娶凯莱士多[1]中那个卖香烟的靓女，我女儿气得暴跳如雷，如果她知道了我这件事，恐怕更加要不得了。”

布德克医生的情绪似乎控制不住了，开始哭泣起来，每个人都很同情他，这时白伦走过来，他一切都听见了。

“不必担心你的礼物和银纸[2]，”白伦说，“我会赔偿你的损失，因为我向你担保大脚山姆的信用。我一生中第一次看错了人，损失只好由我负担，但如果我找到了大脚山姆，哼，他就有苦头吃了。当然，在这件事中，我没有想到会牵涉到一个女人，一有女人出现，事情总会大不相同，所以我也不能说完全不对。”

“但是，”白伦提高了嗓子，使每个人都可以听见他的

① 士多，即英文 store，指杂货店。

② 银纸，粤语指钞票。

声音，“大脚山姆没有依照合同，把他的身体交给你，我宣布他是一个没有人格的无耻之徒，他一生休想再向我借一块钱，也休想我再替他做保人，凡是我认识的人，我也要他们不借钱给他。他在百老汇的信用是永远破产了。”

但我认为大脚山姆与霍登丝对于这一点并不放在心上。听说他们现在是在纽泽西，因为霍登丝的父亲是当地的大亨，甚至白伦的手下人也不敢去动他们一根毫毛，他们养了许多小鸡，也养了许多小孩子，至于霍登丝那许多钻石手镯呢，现在都换成了纽瓦克的市政公债，据说这种公债是很不坏的。

最厉害的家伙

一个星期三的晚上，大约十一时半，我站在四十八街与第七道的转角，在想着我的血压，这个问题我以前是从来没有想到过的。

事实上，在这个星期三的下午之前，我根本没有听人谈起我的血压。那次我去看布莱南医生，请他检查一下我的肚皮。他把一个镊子放在我手臂上，对我说，我的血压比猫背还要高，要我注意饮食，避免兴奋激动，否则我会突然倒地瓜直。

“像你这样一个容易冲动的人，血压又是如此之高，生活必须过得非常平静。”布莱南医生说。“诊费十元，请请。”他说。

嗯，我站在那里想，现在，这地方情形如此糟糕，避免兴奋刺激倒也不坏，我还希望能拿回这十块钱来，在第二天比姆利可赛马的第四场中买“太阳美人”的温拿[1]。突然我抬头一望，看见站在我面前的，乃铁锈查理是也。

如果我知道铁锈查理会走到这里，你可以用全爪哇所有的咖啡来和我打赌，我一定马上会走到别处去，因为铁锈查理并不是一个我愿意与他打任何交道的人。事实上，我希望能避之大吉。再者，本地没有一个人愿意和铁锈查理打交道，因为他的确是一个厉害家伙。事实上，全世界任何地方都没有一个比他更厉害的人。他又高又大，一双硬手，许许多多坏脾气，只要他愿意，他会毫不在乎地把人击倒在地，用脚踹他的脸。

众所周知，铁锈查理的裤袋里常常放着一根枪，有时会放枪把人打死，死得道道地地之至，原因只因为他不喜欢此人的帽子——而铁锈查理对于帽子的批评又是非常苛刻的。事情是这样，铁锈查理在此地用枪打死了许多人，而那些他没有用枪打的，他用刀子刺，他所以没有入狱，惟一的原因是他刚刚从监狱中出来，当局还没有时间来想法子再把他关进去。

不管怎样，我所以知道铁锈查理在我身旁，是我听见他说：“好，好，好，我们又会面了。”

① 温拿，即英文 winner，指获胜者。

于是他一把抓住我的领子，所以我虽然非常想跑开，结果也是毫无用处。

“喂，铁锈，”我说，模样装得极为高兴，“近来怎么样?”

“还不坏，”铁锈说，“我看到你很高兴，因为我正在找一个同伴。我到费城去了三天，做了一笔生意。”

“我相信你在费城一定干得很好，铁锈。”我说。但这消息使我大受刺激，因为我是一个“报迷”，铁锈在费城干些什么我完全清楚，刚好前天我在报上看到一段关于费城的消息，说大黑市酒商“阴死鬼”史摩伍德在他大门外被人干掉了。

当然，我不知道干掉“阴死鬼”史摩伍德的就是铁锈查理，但史摩伍德被干掉的时候，铁锈查理正在费城，我当然会和任何人那样推想。正如假使俄亥俄州的克里夫兰城有一家银行被劫，而铁锈查理刚好在俄亥俄州的克里夫兰城或该处附近一样。所以我非常紧张，我确信，我的血压每一秒钟都在增高。

“你身边有多少钱?”铁锈说，“我是袋底朝天了。”

“我只有两元，铁锈。”我说，“今天，我付了十元给一个医生，他说我的血压非常糟糕。但当然，我很欢迎你用我的钱。”

"嗯，对于像你和我这种上流人，两块钱是不成的！"铁锈说，"咱们到弥敦·底特律的双骰赌场去赢些钱吧。"

当然，我现在并不想到弥敦·底特律的双骰赌场去；如果我想去，我也不想和铁锈查理同去，因为判断一个人的品格，常因他交什么朋友而定，尤其是在双骰赌场中，而铁锈查理很容易被人认为是一个坏朋友。再者，我没有钱去赌双骰，如果我有钱来赌双骰，我也根本不会去赌双骰，而是要拿去买"太阳美人"的温拿，或者带回家去付公寓中的用费，如房租之类。

而且，我记得布莱南医生对我说过，要避免兴奋刺激，我知道，如果铁锈查理到弥敦·底特律的双骰赌场去，那边就很可能发生刺激的事，我的血压可能大为升高，使我出其不意地就此瓜直。事实上，我已经觉得我身体内的血压在飞跃上升，但我当然不会去和铁锈作什么辩论。于是我们就到弥敦·底特律的双骰赌场去。

这天晚上，这个双骰赌场开在第五十二街的一所停车房里，有时它是在第四十七街的一家餐室里，有时则是在第四十四街的一家香烟店里。事实上，弥敦·底特律的双骰赌场在任何地方都可以开设，因为它每晚都在搬场，一家双骰赌场当然不会老是设在一个地方以待警察发现。

所以弥敦·底特律把他的双骰赌场搬来搬去，凡是愿意和他做生意的公民，每晚都须打听它的地址；当然，几乎百老汇每一个人都知道，因为弥敦·底特律派出手下人走上走下，走来走去，告诉公众它的地址与当晚的通行暗号。

嗯，当我们走过去时，报信人贾克正坐在第五十二街那所停车房外的一辆汽车上，我们经过时他说，“堪萨斯城”，声音非常低沉，这是当晚的暗号；但我们走到那所停车房的楼上时，我们并不需要什么暗号，因为门房实心约翰听到我们敲门而从小孔中一张时，看见了铁锈查理和我在一起，马上开了门，向我们大大地微笑了一下，因为在这地方，没有一个人会把铁锈查理关在门外很久。

这是停车房上面一间很脏的房间，里面烟雾弥漫，双骰赌正在一张旧桌子上进行；桌子旁边围着一大群人，都是当地的大亨，因为这时大家手边都有钱，有许多公民搞得很兴旺。他们挤得如此之紧，你用一根缝衣针都插不进他们之间去。再者，我要说，桌边有几个非常厉害的家伙，其中有几个会开枪打你的头，或者打你的肚皮，而且对于这种事情丝毫不放在心上。

事实上，当我看到来自布洛克林区的“老马”哈莱，“睡虫”山姆·李文斯基，来自哈莱姆区的“寂寞”路易时，我知道这个地方对于我的血压有些不大妙，因为这些人的的确确是很厉害的家伙，在当地是众所周知的。

他们和希腊人尼克、大聂格、灰约翰、好好奥根以及其他许多大亨围在桌边，他们手中都拿着一千元的大钞，把钞票抛来抛去，好像只不过是废纸而已。

在桌边这一群人的外面，是许多小人物，他们有时设法把拳头挤进大亨群中，下上一注，此外还有一些号称“犹太人”的家伙，如果你在桌子上破产了，他们就会借钱给你，抵押品是表、戒指，或者袖口钮，利钱极重。

嗯，我说，当我们走进去时，桌子边一点空隙也没有，但铁锈大叫一声“喂”，这些人都回头一望，顿时之间，桌边就空出很大的位置来，不但可容铁锈查理，而且连我也可以容纳。我们进来时，一点儿空位也没有，但突然之间有了空位，这的确是像变戏法那么神奇。

“谁做庄?”铁锈查理问，四周一望。

“嗯，是你，查理。”大聂格很快地说，把一对骰子递给了查理，虽然我后来听说，当我们走到桌边时，这个人正在做庄，要掷一个九点出来。每个人都很安静，只望着查理。没有一个人对我有丝毫注意。因为众所周知，我只是一个随便混混的家伙，大家都知道我不是查理的人，虽然老哈莱向我盯了一眼，我知道这一眼对于我的血压很不妙，而且恐怕对任何人的血压都不大妙。

嗯，查理拿了骰子，转向一个头戴呢帽、身材瘦小的家伙，他躲在查理身后，想不受到他的注意，查理一把便从这身材瘦小的家伙头上把帽子拿下来，拿骰子在手中摇了几摇，掷在帽中，口中说“哈!”每个掷双骰的人在掷骰时都是这样叫一声的。于是查理向帽中一望，说，“十点”，虽然他并不让任何人向帽中看一下，甚至也不让我看一下，所以查理到底是否掷出十点还是另外什么，没有一个人知道。

但当然没有人会表示怀疑铁锈查理掷了十点，因为查理会觉得这是在说他说谎，而查理是一个最恨别人说他说谎的人。

弥敦·底特律的双骰赌是一种称为“头对头”的赌，因为那是赌客和赌客互相赌，而不是赌客和赌场老板赌。这不过像两个家伙聚在一起掷一会骰儿，弥敦·底特律并不必像一般赌场那样，要布置一张正式的掷骰桌，以及其他种种设备。事实上，弥敦·底特律所要做的，只不过是找一个场所，供给骰子，然后抽头钱，而头钱是并不坏的。

在这种赌博中，做庄的人先掷出一个点子来，另外的人就下注赌他以后还会掷成这个点子，或者掷不成这个点子，全世界任何一国中，都有一个规矩，一个家伙掷成十点，是二赔一，不过他掷成十点之前，不得掷出一个七点来，如掷出七点，就不能再掷，就此算输。

嗯，当查理说他在呢帽中掷出一个十点后，没有一个人下注。查理四下一望，突然他在一端看见了犹太人路易，虽然，当查理的眼光扫射到他身上时，犹太人路易竭力想缩成一团。

“我愿意下五百元注，”查理说，“路易，你来赌。”——那就是说，他要路易拿一千元来赢他的五百元，赌他掷不出十点。

犹太人路易是一个小人物，他只借钱给别人收高利，自己难得赌一下，这时候他所以在桌子边，惟一的理由是他过来借一些钱给希腊人尼克。在普通情形之下，要犹太人路易用一千元来赌五百元，不论赌什么事，正如要他拿钱捐给“救世军”一样，那就是说，根本不会。可以确定地说，他决不会想到用一千元来赌五百元，说一家伙掷不成十点，所以当铁锈查理对路易说，要他这样下注时，路易全身发起抖来。

桌边另外的人一句话也不说，于是查理再把骰子在他大手掌中一滚，吹一口气，掷在呢帽里，说“哈”！当然，除了查理之外，谁也看不到呢帽中的情形，查理向骰子一望，说“五点”。他再把骰子一滚，又掷在帽中，说“哈!”

向帽中望了一眼后，说“八点”。我开始出汗了，怕他掷出一个七点来，因而输掉，我知道查理身边并没有那五百元，虽然，我当然也知道，不管他身边有多少钱，他也决不想付。

再掷了一下，查理大叫“钱!”——意思是说他终于掷出十点来了，虽然除了他之外，另外没有一个人看见。他手伸向犹太人路易，犹太人路易给他一张一千元的大钞，给得非常非常之慢。路易付钱时那种痛苦的表情，我一生之中从未见过。或许路易心中想要查理给他看一下帽子中的骰子是否真的是十点，可是他没有说出来，因为查理并不想把这十点给大众看一下，所以没有一个人说什么话，大概都认为铁锈查理是一个不愿任何人怀疑他说话的人，尤其是关于十点这样一件小事。

“嗯,”查理说，把路易那张千元大钞放入袋中，“我想今晚我已经够了。”他把那顶呢帽还给那个瘦小的家伙，示意要我出去，我很高兴出去，因为房中大家寂静无声，这使我身体内的胃上上下下，我知道这对于我的血压是很不好的。我们一进房，就没有一个人脸上有一点儿开朗，在一大群人中间，大伙儿都像死了一样的一声不响，你会觉得异常激动，这真是奇怪，尤其，当你知道这块地方每一分钟都可能发生大骚动的时候。我们一走到门口，就有人说起话来了，此人非别，乃犹太人路易是也，他出来对铁锈查理说：

“铁锈，”他说，“你是不是掷了一个双五？”

嗯，每个人都笑起来了，我们走出去了，但我完全不知道查理所以掷成十点是掷了一个六点和一个四点呢，还是掷了两个五点——那就是所谓“双五”——虽然我后来对这事常常怀疑。

我希望我现在可以离开铁锈查理而回家去，因为我知道，他是全世界对我的血压最不利的人，再者，如果我老是和他一道，别人会对我有一种错误的观念，但当我对查理说我要走时，他似乎很不高兴。

“嗯，”查理说，“和你这个家伙在一起谈谈很不错。你当然得和我在一起，因为我需要同伴，我们要到猪猡伊凯那里去玩一下史都斯。伊凯是我的一个老友，我得去和他玩一手。”

当然，我不想到猪猡伊凯那里去，因为那地方是在市中心区，路很远，我也不喜欢玩史都斯，因为这种赌博我从来就不会玩，再者，我记得布莱南医生说，我必须时时小睡一会；但我觉得不听查理的话是没有用的，尤其因为如果我不去，他就会对我采取紧急措施。

于是他叫了一辆的士，我们开始到市中心区猪猡伊凯那里去，的士司机开车开得非常之快，使我身体内感到血压涨高了一呎到一呎半，虽然查理对这速度毫不在意。最后，我把头伸出窗去，请司机把车子开慢一点，因为我希望是以一个完整的身体到我们所要到的地方去，但那家伙还是开得极快极快。

我们到第十九街和百老汇的转角时，铁锈查理突然大吼，叫司机停车，那家伙停下来了。于是查理走出车去，向司机说：

“一位顾客要你开得慢些，你为什么不乖乖地慢开？现在给点苦头你吃吃。”

铁锈查理在司机的下颚猛击一拳，使这可怜的家伙从座位中飞到街上，查理自己就坐到司机座上，开车把我们两人载走了，让那个家伙像一块木板那样僵硬地躺着。

铁锈查理做过的士司机，后来警察发觉，他常常不把顾客们送到正确的地址，尤其当那些顾客是喝醉了的时候，他开车开得很好，但眼睛只看一个方向，那就是说，只看前面。

就我个人而言，不论在何种情况之下，我都不愿和查理同坐的士，尤其是当他驾驶的时候，因为他开得的确非常之快。他在离开猪猡伊凯处一条街的地方停了下来，他说我们就把这辆的士放在这里，让别人去发现，但正当我们离开的士时，一个穿了制服的警察走过来了，他说我们不能把空车停在这里。

嗯，铁锈查理天性最恨警察对他作任何劝告，所以他所干的事，只不过是向街道上下一望，看看有无旁人，然后在这警察下颚猛击一拳，把他打得双脚缩拢，倒在地上。我要说，我从未见过像铁锈查理那样目标准确的拳击家，因为他一出手，总是碰到别人的骷髅头。那警察一跌倒，铁锈就一把抓住我的手臂，拖我跑到一条旁街去，我们大概跑了一条街的路，就到了猪猡伊凯的地方。

那就是所谓史都斯赌场，附近许多闻人都在里面大赌而特赌。看到铁锈查理，似乎没有一个人觉得高兴，虽然猪猡伊凯表示他高兴得半死。猪猡伊凯是一个身材矮短、项颈肥粗的家伙，如果他身上一丝不挂，你在新年时看到他放在屠夫的台上时，那是再自然不过的，但他与铁锈查理的确似乎是老友，互相当场表现得极为亲热。

但我可以看到，当猪猡伊凯发现查理来此是准备赌一手时，未见得十分高兴，虽然查理马上摸出那张千元大钞来，说，看在老友面上，他输点钱给伊凯是毫不在乎的。但据我判断，猪猡伊凯知道他永不会拿到查理那张千元大钞，因为查理把那张钞票放回了衣袋，虽然他一上场赌史都斯马上就输，他也永不再摸出来了。

嗯，到清晨五点钟，查理输了十三万，即使是欠账，那也是一笔可观的钱，猪猡伊凯当然知道要查理拿出十三个毫子来也不会，更不必说十三万元了。那时旁人都已经走了，伊凯想关门了。只要查理能走，他就是欠一百万元也无所谓，但问题出在按照史都斯的规矩，一个家伙输了钱，他可以拿回一定的成数，伊凯想，查理虽然欠了赌账，但成数却一定要拿，如果查理拿这成数，伊凯这赌场就非破产不可。

再者，铁锈查理说，在这种情况之下，他不愿输了钱就走，因为伊凯是他的老友记，所以伊凯终于派人去请了一个名叫杜贝·哥尔堡的作弊专家来，他来主持赌博，他故意作弊使查理赢钱，不久就把赌账扯平了。

就我个人而言，我对于这场赌博并未多加注意，我在角落里一张椅子上打了一下瞌睡，这样休息一会，对于我的血压似乎大有好处。事实上，当铁锈查理和我走出猪猡伊凯的赌场时，我根本没有注意到我的血压，因为我猜想查理会放我回家，我就可以上床睡觉。但虽然我们离开伊凯的赌场时已经六点钟，天已大亮，查理仍旧精神勃勃，坚持非去布希米亚夜总会不可。

嗯，这个意见使我的血压又高涨起来了，因为布希米亚夜总会是一个下等酒馆，只有在城中的酒店统统已经打烊而男男女女无地可去的时候才会到那里去，这家酒馆的老板是“刀子”奥哈洛伦，他来自格立尼治村，是众所公认的一个坏家伙。众所周知，在奥哈洛伦的酒店里，一个家伙即使除了只喝一点酒之外，什么事也不干，他每天晚上都还是很有瓜直的机会。

但铁锈查理坚持要去，我当然只好和他同去。起初什么都安静，只是在一个角落里，有许多穿了晚礼服的男男女女，他们在各个夜总会里玩了整夜，再到这里来叫叫嚷嚷。铁锈查理和刀子奥哈洛伦一同喝酒，酒是从奥哈洛伦袋中一个瓶子里倒出来的，以示与他卖给顾客们的酒有别，他们在谈论从前和赫德森·德斯特一起做买卖时的旧事。突然，来了四个穿便衣的警察。

这些警察已下了班，不会再伤害任何人，只不过想在回家之前来喝上一两杯，如果铁锈查理不惹是生非，他们不会注意他的，虽然他们当然非常清楚他是谁，只要他们能找到一些借口而把手铐戴到他手上去，他们会感到极大的快乐，然而他们没有借口。所以他们不去理他。但铁锈查理如有什么最憎恨的东西，那就是警察，他们一坐在一张桌子旁，他就睨视他们。不久，我听见他对刀子奥哈洛伦说：

“刀子，”查理说，“全世界最好看的东西是什么？”

“我不知道，查理，”刀子说，“全世界最好看的东西是什么?”

“四个死警察排成一排。”查理说。

嗯，听了这句话，我个人就溜到门边去，因为我从来不想和警察惹起什么麻烦，尤其是四个警察，所以以后的事我没有看见，我所看见的只是查理抓住了一个警察向他踢去一只大脚，于是每个人都似乎在乱动，那些穿晚礼服的男男女女开始哇哇乱喊，我的血压大大上升，或许有一百万度。

我走到了门外，但我不像每个稍有脑筋的人那样马上走开，我站着听，只听见里面砰嘭，砰嘭，砰嘭。

我不担心里面会开枪，因为就铁锈查理而论，他很聪明，决不会开枪打警察，这是本地最严重的事，他无论如何不会干，而警察们也不见得会放枪，因为这样他们就会被发觉，他们下班之后居然到布希米亚夜总会这种地方来。所以我猜想，他们只是拳打足踢地弄个明白。

最后，里面的声音静下来了，不久，门打开了，铁锈查理出来，在他身上这里那里拍一下灰尘，样子看上去非常非常愉快，在那门关上之前，我向里望了一眼，看见有许多家伙直挺挺地躺在地上。再者，我还听见男男女女在吵嚷。

“啊，啊，”铁锈查理说，“我还以为你已经走了，正要对你大发脾气呢，你倒没有走。我们离开这里吧，因为他们在里面吵得一塌糊涂，你听不到你自己的思想。我们到我家里去，叫我老婆给我们弄点东西当早餐，然后再睡。现在吃一点火腿鸡蛋倒还不坏。”

嗯，在这时候，火腿鸡蛋对我的引诱力自然很大，但我不愿到铁锈查理的家里去。就我个人而论，我和铁锈查理在一起实在混得太久了，我不想再和他的家庭生活发生任何关连，老实说，听见他居然还有家庭生活，我相当惊异。我相信我的确曾听人说，铁锈查理娶了邻人的一个女儿，住在第四十几道的第十街，但他的家庭到底如何，没有人知道，每个人都认为，他老婆的生活一定苦得不得了。

但我虽然不想到查理的家里，然而别人客客气气地请我去吃火腿鸡蛋，实在有些难以拒绝，尤其查理异常诧异地望着我，因为我显得并不十分开心，我知道，他并不是邀每一个人都到他家里去的。于是我谢谢他，说，他老婆要煮火腿鸡蛋给我们吃，那是再好没有了。不久，我们就走上了第十街，转到第四十五道。

天色还很早，店员们正在打开店门，儿童们一路笑闹着上学去，老太婆们正在窗口抖被单之类的东西，但当他们一看见查理和我，大家就都静下来了，我由此知道，查理一定极受邻居们的尊敬。商人急忙走进店中，儿童不再蹦跳叫嚷，用足趾轻轻走路，老太婆们把头缩了进去，街上一点声音都没有。事实上，你所听到的，只是查理和我的足跟在人行道上碰出来的声音。

在一家士多门口，停着一辆两匹马拖的冰车，铁锈查理看到那两匹马，似乎想到了一件大事。他停下来很仔细地瞧着那两匹马，但据我看，那只不过是马而已，又大又肥。铁锈查理终于对我这样说：

“我年轻时，我的右拳非常有力，常常在马头上一拳就把它打倒。我怀疑我现在是否还有这样大的气力。我在那边最后打倒的一个警察居然还爬起来两次。”

于是他走到拉冰车的一匹马旁边，用右手在它额上猛击一拳，那匹马就此倒地，样子的确惊人。我见过许许多多的拳击家，但从没有见过像铁锈查理打马那样厉害的出手。

赶冰车的人气势汹汹地从店里跑出来，但他一见是铁锈查理，马上一声不响地回进店里。那匹马还是倒在地上，等裁判员来数“一,二,三……”，铁锈查理和我就走了。我们终于到了查理所住的公寓，公寓门前有一个意大利人，推着一车水果、蔬菜之类的东西，当我们走进屋去时，铁锈查理把那车子一脚踢翻，那意大利人大叫起来，可能还在用意大利语骂我们。

我们走上三楼，查理打开了门，有一个身材异常矮小的女人站在那里，她很漂亮，但头发乱得很。起初我觉得她相当好看，但后来我看到了她的眼色，那表示她对谁都含有敌意。

“嗯，小嘟嘟，”铁锈查理说，“弄一点火腿鸡蛋给我们吃吧，我们跑来跑去累死了。”

嗯，那个女人一句话也不说，瞅着他。她站在房间之中，一只手放在背后，突然，她把那只手拿出来，手中拿着的是一根棒球棍；此后我就听见“砰”的一声，我看到是她用那根棍子在铁锈查理的头上猛打一下。

我当然惊骇异常，以为铁锈查理马上会弄死她，那么我就会被传去做谋杀案的证人，就会被关上好几年，在纽约，这种事情是很普通的；但查理只跌入一张椅子之中，一只手摸着头，说：“平平气，小嘟嘟，等一下，甜心。”于是那个小女人转身向我，她的眼光我毕生难忘，虽然我非常愉快地向她微笑，并说今天天气哈哈哈。

她说：“使我丈夫整晚不回家的是你这个畜生，是么，你这畜生？”她向我冲过来，我就冲向门边，那时我的血压完全一塌糊涂了，我的手刚碰到门的把手，就有一样东西打到了我的头，后来我想就是那根棒球棍。

我怎样开门，我完全忘记了，因为我头脑昏乱，双脚蹒跚，我只记得很快地冲下了楼。突然，我的后脑又被什么东西打了一下，起初，我还以为我的血压冲到了头中，当场要瓜直。我回头一望，看见查理太太正站在那个意大利小贩的水果车旁，用各种的东西投我。

但打到我后脑的，既不是苹果，也不是桃子，也不是白菜油菜，甚至不是甜瓜，而是那个小贩用来压纸袋的一块砖头。这块砖头使我后脑肿起了这样大的一块，以致第二天我去看布莱南医生时，他竟说这是一个大疮，我也不好意思说这到底是什么东西。

“但是，”布莱南医生量了我的血压后说，“你的血压现在已经低于正常的标准了，你看，你好好休息一晚有这样大的功效。诊费十元，请请。”

开夹万[1]专家

一天晚上大约七点钟，我坐在明戴餐室中大擦[2]煮鱼，那是我非常喜欢的一种菜，这时走进来三个从布洛克林区来的脚色，他们戴着便帽，姓名如下：老马哈莱、小伊沙多、西班牙人约翰。

我并不愿意和这种人打交道，因为我常听到谣传说，他们的行为非常不端，即使这些谣言并非事实，我还是觉得对他们敬而远之为妙。事实上，我听人说，布洛克林区有许多公民希望老马哈莱、小伊沙多和西班牙人约翰离开那边，因为他们老是在干一套被认为危害公众的事，例如打劫啦，或者开枪杀人、用刀刺人啦、投掷炸弹啦，诸如此类。

我看到这三位仁兄到了百老汇，的确感到十分惊奇，

① 夹万，粤语指保险箱。

② 擦，粤语中可指“吃”。

因为众所周知，百老汇的警察们最高兴的事莫过于把这三位仁兄抓起来，但他们是进了明戴餐室，而我也在那里，我当然向他们大大地招呼一番，因为我决不愿意显得对人冷淡，甚至对布洛克林区的人也不例外。他们马上走到我桌旁坐下，小伊沙多伸出手来，用手指把我的煮鱼抓了一块去，对于这件事我只好置之不理，因为桌上只有一把刀，而我正在使用。

他们坐在那里，一句话也不说地望着我，他们的神色使我十分不安。最后我猜想，在明戴餐室这种上流的地方，正派的人士来来去去，他们或许有点不惯，于是我很客气地对他们说：

“这个晚上很好。”

“有什么好？”老马哈莱问，他是一个瘦小的人，满脸横肉，眼光锐利。

嗯，这一下可把我问住了，我看这个晚上并没有什么好，于是我想动动脑筋，找点什么有趣的东西来说说，那时小伊沙多不断用手指来抓我的煮鱼，而西班牙人约翰则拿了我一块洋芋。

“大布区住在哪里？”老马哈莱问。

“大布区？”我问，好像我一生从来没有听见过这个名字，因为在纽约，不经过考虑而回答问题，那是绝对不行的，说不定你的话是对的，但看错了人，或者人没有问题，可又答错了话。“大布区住在哪里？”我又问他们。

“不错，他住在哪里？”老马哈莱说，很不耐烦，“我们要你带我们去找他。”

“等一下，哈莱，”我说，我现在是紧张得不得了，“我恐怕记不起大布区到底住什么地方了，再者，我恐怕大布区不喜欢我带人去找他，尤其是一带带了三个，更尤其带的是布洛克林区的人物。你知道，大布区的脾气是很不好的，如果他不喜欢我带你们去，他对我说什么话，那是谁也料不到的。”

“一切都没有问题，”老马哈莱说，“你什么都不用担心。我们要去和大布区谈一件生意。那就是说让他发一点小财，所以你马上带我们去，否则我只好在这里另找别人了。”

嗯，在这里，他惟一另外找得到的人恐怕就是我，我发觉最好的办法还是带这三位仁兄去找大布区，尤其因为我最后一块煮鱼已滑进了小伊沙多的喉咙，而西班牙人约翰则已对付完了我的洋芋，正用一块黑面包来蘸我的咖啡，我已没有什么东西可吃。

于是我就带他们到第十道附近的西四十九街去，大布区就住在那边一座棕色石楼的地下，坐在门口走廊上的并非别人，正是大布区自己。事实上，左邻右舍每一个人都坐在门口的走廊上，包括妇女儿童在内，因为在这个区域中，坐在门口走廊上已成为一种风气。

大布区全身衣服剥光，只留下衬衫和裤子，脚上没有穿鞋，因为大布区是一个喜欢舒适的家伙。再者，他还在抽雪茄，在走廊上，他身旁有一块被单，上面放着一个没有穿多少衣服的婴孩。这个婴孩似乎睡着了，大布区常常用一张折起来的报纸扇他，赶走想去咬他的蚊子。在热天的晚上，这些蚊子从泽西那边飞过江来，它们似乎非常喜欢婴儿。

“喂，布区。”我说。我们在走廊外停住了。

“嘘，嘘，嘘！”布区连忙叫我不要作声，指指那孩子，他的声音比一架引擎放汽还要响得厉害。于是他站了起来，蹑足走到我们所站的人行道上，我希望布区不发脾气，因为当他发脾气时，他是对谁都不客气的。他大约有六呎二吋高，两呎阔，一双手又大又多毛，样子很丑。

事实上，在纽约众所周知，大布区不是好惹的，所以当我看到他似乎认识我那几位布洛克林的仁兄时，我心中放下了一块石头，他向他们很客气地点头，尤其是对老马哈莱。哈莱单刀直入，向大布区介绍了一笔最骇人听闻的生意。

事情是这样的，在西十八街一所古老的大楼中，有一家大煤矿公司的写字楼，写字楼中有一只夹万，夹万中有该公司要发付的薪水两万元现款。老马哈莱知道夹万中有钱，因为他有一个朋友是那家公司的出纳，就是他在当天下午把钱放在夹万里的。

事情是这样的，那个出纳和老马哈莱、小伊沙多、西班牙人约翰商量好，那天下午当他从银行里取了款子回到写字楼去时，要他们在半路上抢劫他，但临时发了事故，使他们没有在约好的地点会面，所以那个出纳没有被劫，只好把钱带到写字楼去，那笔钱是胖胖的两卷钞票，就放在那边。

就我个人而论，当我听到老马讲这件事时，我觉得那个出纳一定是个很不忠实的人，他居然和人接洽，要人家在他手中拿着公司的款子时来打劫他，但当然这和我毫无关系，所以我并没有参加他们的谈话。

嗯，事情是这样的，老马哈莱、小伊沙多和西班牙人约翰想把这笔钱从夹万中拿出来，但他们对于开夹万却完全是门外汉，当他们站在布洛克林区中讨论如何处理这个紧急事态时，哈莱突然想起，大布区曾经干过开夹万这一行。

事实上，后来我听人说大布区在当时被认为是密西西比河以东的最佳开夹万专家之一，但后来警察为了他开夹万，把他送进了辛辛监狱。当他为了开夹万而进进出出辛辛监狱达三次之后，布区讨厌起那个地方来了，尤其，他们在纽约州通过了一个所谓“包墨斯法案”的规定。这法案中说，如果一个家伙连续进了辛辛监狱四次，那么他一生此后的日子都要在那里面过，没有讨价还价。

所以大布区不干开夹万这一行了，去经营一种规模较小的生意，例如偶然贩贩私酒之类，成为一个诚实的公民。再者，他娶了河西一个邻居的女儿，她名叫玛丽·慕菲，我断定走廊上这个孩子是大布区和玛丽这场婚姻的产品，因为这个孩子的模样十分难看。虽然事实上，我也没有见过多少漂亮的婴儿。

嗯，最后老马哈莱、小伊沙多和西班牙人约翰把他们的用意说明白了，他们要大布区去把这家煤矿公司的夹万打开，把其中准备发薪水的款子拿出来，为了酬报他这番辛苦，他们愿意给他这笔钱的百分之五十，其余百分之五十则归他们，算是找到这家户头的报酬。所有的开销，例如分红给那出纳之类，都归他们支付。我觉得这办法对大布区非常公平，但布区直摇头。

“这种事情早已不时髦了，”布区说，“现在没有人再靠开夹万过活。他们把夹万做得太好了，而且夹万上到处装了警钟，麻烦多得不得了。我现在是在经营合法的生意，还勉强过得去。你们知道，我已进去过三次，再有一次失手可吃不消了，此外，我还得照管这个孩子。勃朗克斯区的克莱西太太死了，我老婆今天到她家里去给她守尸，看样子她整晚都会在那边，因为她是很喜欢守尸的，所以我必须照管小伊格拿蒂。”

“我对你讲，布区，”老马哈莱说，“那是一只极不中用的夹万。完全是老式的，你用一枚牙签就可以把它挑开来。这上面没有装电线，因为以前许多年中，他们从来没有在其中放过一毫子以上的钱。他们今晚所以不得不把这两万元放在那里，因为我那个做出纳的朋友没有在路上遇见我们，他就故意拖延时间，使得今天来不及发付薪水。这会是你一生所遇到的夹万中最不牢固的一只，在什么地方能够这样容易的捡一万元啊？”

我发觉，大布区听了这番讲话后，相当郑重地考虑起这一万元来，因为在这种时候，没有一个人能把一万元置之不理，尤其是一个经营贩私酒生意的人，目前这种生意萧条得不得了。但最后他还是摇头，说话如下：

“不成，”他说，“我只好放弃，因为我必须照管这孩子。我老婆对这点是非常非常重视的，我不敢离开小伊格拿蒂一分钟。假使玛丽回家来，看见我没有在照管孩子，我的罪可够受了。我就像任何人一样，也喜欢找一点正当的外快，但是，”布区说，“对于我，小伊格拿蒂是放在第一位的。”

于是他转身走回走廊，表示已无商量余地，他又坐到小伊格拿蒂身旁，刚来得及赶走一只要去叮那婴孩的腿的蚊子。任何人都看得出来，大布区非常喜欢他的儿子，虽然就我个人而论，婴儿就是便宜到一毫子一打，我也不会要，不管是男孩还是女孩。

嗯，老马哈莱、小伊沙多、西班牙人约翰非常失望，站在那里商量，对于我毫不加以注意，突然，始终没有讲什么话的西班牙人约翰想到了一个极好的念头。他对哈莱和伊沙多说了，他们一听之下都非常高兴，于是哈莱走到大布区身边。

哈莱一张嘴，大布区忙指指孩子，说，“嘘！嘘！嘘！”

“我对你讲，布区，”哈莱放低了声音说，“我们可以把孩子带去，你可以一面照管他一面工作。”

“啊，”大布区也放低了声音说，“这念头倒真不坏。我们进屋去详谈。”

于是他把孩子抱起来，领我们走进他屋里去，拿出一些他所贩卖的私酒来给我们喝，酒还不错，虽然其中搀了一点儿水，我们围坐在厨房里，轻声商量。厨房里有一张有栏杆的婴儿床，布区把他儿子放在里面，在我们谈话的时候，那孩子不断大声打鼾。事实上，他睡得如此之熟，我不禁猜想布区一定也给他喝了一点搀水酒，因为我自己也有些醉醺醺地想睡觉的样子。

最后布区说，既然他可以把小伊格拿蒂带去，他觉得就没有理由不去替他们开夹万，不过他说，钱拿到后，要抽百分之五给那孩子，如果他老婆为了他在晚上把孩子带到外面去而责骂他，这百分之五就算是补偿费。老马哈莱说，他觉得再加百分之五未免稍稍多了一点，但西班牙人约翰似乎是一个很公道的人，他说，假使他们去开夹万的时候那婴儿也一块去，那么分给他一份是很应该的，小伊沙多似乎也认为没有问题。于是老马哈莱让步了，他说就百分之五吧。

嗯，他们要过了半夜之后才动手，时间还宽裕得很，大布区又去拿了一些搀水酒来，然后他去找开夹万的工具，他说，在小伊格拿蒂生下来的那天，他用这些工具做成那张有栏杆的小床，此后就没有再用过。

这时正是我向他们告别的最好时机，但是我为什么不去呢，一直到今天我还是不明白，因为就我个人而论，我以前从来没有想到过会去参加一个开夹万的集团，尤其这集团中竟包括了一个婴儿，因为我认为这种事业是很不体面的。我事后仔细想了一下，唯一想得到的原因就是那搀水的酒，但我要声明，当深夜一点钟左右，我发现自己竟和那三位布洛克林区的仁兄、大布区以及那个婴儿一起坐在一辆的士中时，我的确是大大感到奇怪的。

布区把小伊格拿蒂包在一块被单里，这小家伙还在大声打呼。布区的工具装在一只提包中，还有一包看上去就像一本很厚的大书那样的东西，在我们离开他家之前，布区递了一包东西给我，叫我要小心拿好。他把一包比较小的东西交给小伊沙多，伊沙多就放在他裤子的后面袋里，当伊沙多在的士中坐下来时，有什么东西哔哔地叫起来，就像是一只羊。大布区非常生气，因为伊沙多坐到了小伊格拿蒂的公仔上面，这个公仔当你去捏它的时候，它就说“妈妈”。

事情是这样的，大布区想到，假使小伊格拿蒂醒了，他会要玩玩什么东西，小伊沙多运气不错，这个妈妈公仔没有被压得不会叫“妈妈”，否则的话，小伊沙多的头上很可能会大大地挨上一拳。

离开西第十八街我们所要去的写字楼有一条街的地方，我们下了的士，其余的路程我们两个两个的分开了走。我拿了那包东西，和大布区一起走，布区则抱着孩子，还拿了他的提包和那包像一本厚书那样的东西。在那种时候，西第十八街是清静得不得了，你可以听到你自己的思想，事实上，我就听见我很明白地想道，我是个大傻瓜，竟去参加这种行当，尤其竟和一个婴孩同去，但我还是照样地走，这表示我的确是一个大傻瓜。

当我们到达那边时，西第十八街上的人很少，其中有一个肥佬，他倚在街中间的一座大楼旁，他一看见我们，就散起步来。事情是这样的，这个肥佬是那家煤矿公司写字楼的守夜人，也是老马哈莱的老友记，他一看见我们就散起步来，就是这个原因。

我们在离开大布区家里之前就商量好，老马哈莱和西班牙人约翰外面把风，大布区在里面开夹万，小伊沙多则和布区在一起。关于我在什么地方，没有一个人提起，由此看来，不论我在什么地方，我总是一个局外人，但布区叫我拿着那包东西，我推想他是要我和他在一起。

这家煤矿公司的写字楼是在地下，要进去是一点也不麻烦，因为那个守夜人把大门打开了，这个家伙倒的确很有礼貌。事实上，他是如此的有礼貌，不久之后，他就回来让老马哈莱和西班牙人约翰用绳索紧紧绑住，嘴里塞上一块手帕，把他丢在写字楼旁边的一个冷巷里，这样，假使有人调查起来，就没有人会疑心他和开夹万这事有任何牵连。

写字楼面向街道，老马哈莱、小伊沙多和西班牙人约翰要大布区去开的那只夹万，放在写字楼中的后墙边，面向朝街的窗子。夹万旁边有一盏小电灯亮着，这样，当有人（例如一个守夜人之类）从外面经过，就可从窗子中看进来，总是看得到那只夹万，假使他是瞎子那当然是例外。这不是一只很高的夹万，这也不是一只很大的夹万，我看见大布区看到这夹万时笑了一下，可见正如老马哈莱所说，这夹万实在算不得一只夹万。

嗯，大布区、那婴儿、小伊沙多和我一走进那写字楼，大布区就走到夹万旁，把我以为是一本大厚书的东西摊开来，那原来是一张幕，一面画着一只夹万的正面图。大布区把这张幕张在那只真夹万的前面，幕与夹万之间有很大的空地，这张幕的作用是使任何在街上经过的人不致看到布区在开夹万，因为当一个人在开夹万的时候，他是极不愿意别人来打扰的。

大布区把小伊格拿蒂放在被单上，被单则放在那画有假夹万的幕后的地板上，他从提包中拿出工具来，开始开夹万的工作，小伊沙多和我走到一个黑暗的角落中，因为那张幕后面站不下那许多人。但我们看得到大布区的行动，我承认，我以前虽然从来没有见过一个正在工作的职业开夹万专家，将来也不想再见一个，但这个布区的动作却有一个真正艺术家的风度。

他先在夹万的联合锁四周钻孔，钻得又快又没有声息，突然，小伊格拿蒂从被单上坐了起来，大哭一声。我自然吃惊不小，就我个人而论，我想拿点什么东西蒙住小伊格拿蒂的头，使他安静下来，因为我听到他的哭声时心中紧张之极。但大布区听见哭声似乎毫不在意。他放下了工具，把小伊格拿蒂抱起来，轻轻地说："乖乖，乖乖，乖乖，我的小宝贝儿子。爸爸在这里。"

噢，在这种情况之下，我觉得这些话荒谬之极，而对于小伊格拿蒂，竟然也毫无影响。他不停地哭，我想他的哭声一定不轻，因为我看见老马哈莱和西班牙人约翰走到窗外，很焦急地向里张望。大布区把小伊格拿蒂横抱竖抱，不断对他说许多孩子气的话，一个高级的开夹万专家口中竟说出这种话来，实在是大失尊严，最后大布区轻声对我说，叫我把我带着的那包东西递给他。

他把那个包打开来，你道里面是什么东西，原来是一个装满了牛奶的奶瓶。里面还有一只小锡锅，布区把那锅子交给我，轻声叫我去找一个水喉①，把锅中装满水。于是我跌跌撞撞地在黑暗中摸索到写字楼后面的一间房里，我

① 水喉，粤语指水龙头。

的头碰撞了好几次，终于找到一个水喉，把锅中装满了水。我拿回去交给布区，他蹲在那里，一只手抱了那个婴孩，在包中拿出一只小汽炉来，用打火机点燃了，开始烧那锅水，那个奶瓶则放在水里。

大布区不断用手指到水中去试热不热，后来，他用嘴衔住了奶瓶上那个橡皮吸头，吸了一口，尝尝牛奶够不够热，我看见那些照管孩子的女人们都是那样干的。显然牛奶是行了，因为布区把奶瓶递给小伊格拿蒂，他双手牢牢捧住，大吸起来。当然，他不得不停止哭叫，于是大布区再回到夹万边去工作，小伊格拿蒂坐在被单上，吸着牛奶，显得比一树的猫头鹰还要聪明。

看来，或者那只夹万比任何人所料想的更为坚固，或者大布区的工具旧了、生了锈、又曾用来做过婴儿的小床，有点不大行了，因为他弄断了两把钻子，搞得满身大汗而没有什么进展。

布区后来对我解释，他是本国首创不用炸药开夹万的专家之一，但他说，你要工作做得准确，你必须了解夹万的构造，以便一下子就钻到锁的横栓上去，这一只夹万虽然很旧了，但构造却很特别，使他摸不着头脑。

嗯，那时候，小伊格拿蒂已喝完了他那瓶牛奶，又开始吵闹起来，大布区给一件工具给他玩。后来布区需要这件工具了，想从小伊格拿蒂手中拿过来，那孩子大叫大嚷，布区只好让他拿着，直等到他玩得有些腻了，才偷偷拿了过来，这又耽搁了一些时候。

最后，大布区放弃了钻开那夹万的念头，他低声对我们说，他要稍稍放一点炸药，把锁炸松，我们都很赞成，因为我们在这里听小伊格拿蒂呀呀哭叫，实在厌烦透了。就我个人而论，我只想回家睡觉。

嗯，布区在他提包中翻来翻去找什么东西，他找的是一小瓶炸药，准备用来把锁炸松，起初他找不到，最后他才发现原来小伊格拿蒂拿在手中，他在咬瓶上的木塞，布区向小伊格拿蒂作了一番激烈的斗争，才使他放弃这瓶炸药。

于是，他在联合锁附近所钻的孔中放了炸药，装上引线，他在引发之前抱起了小伊格拿蒂，把他交给小伊沙多，叫我们走到写字楼后面那间房里去。小伊格拿蒂似乎很不喜欢小伊沙多，这一点我倒也不便怪他，他在小伊沙多手中大力挣扎，还大声叫嚷，但突然之间，他变得非常安静了，我虽然无法证明，然而我相信一定是小伊沙多用手蒙住了他的嘴。

嗯，大布区也到那后面的房间里来了，他杷小伊格拿蒂从小伊沙多手中一接过来，那孩子又哭叫起来了。我想，那孩子不能把小伊沙多怎样对付他的情形告诉大布区，这对小伊沙多是很好的。

“我只放了一点点炸药，”大布区说，“不会有什么声音的，只不过像手指嗒地捏一下罢了。”

但一秒钟之后，写字楼中轰然猛响一声，整座楼都为之震动，小伊格拿蒂高声大笑。大概他以为是国庆节到了，所以人们在放爆竹。

“我想炸药大概放得太多了些。”大布区说。于是他冲进写字楼去，小伊沙多和我跟在他后面，小伊格拿蒂还在大声嬉笑。夹万门已被震开，整座楼似乎都被炸坏了，大布区毫不迟疑地伸手到夹万里，抓出两大卷钞票来，塞进他的衬衫。

当我们走到街上时，老马哈莱和西班牙人约翰很紧张地跑过来，老马哈莱对大布区这样说：

“你要干什么，”他说，“把全城的人都吵醒吗?”

“嗯，”布区说，“我猜炸药放得太多了一点，但现在没有人来，你和西班牙人约翰到第八道去，我们另外的人走第七道，只要你们安安静静地走路，像那些自己管自己的人那样，不会有问题的。”

但我猜想，那时小伊沙多对小伊格拿蒂已厌烦透顶，因为他说，他要和老马哈莱及西班牙人约翰一路走，那么走另一条路的就只有大布区、小伊格拿蒂和我。于是我们走了，突然，在哈莱、伊沙多，和西班牙人约翰走去的那个转角边，出现了两个警察。大概这两个警察听见了大布区所造成的地震，所以过来调查一番。

假使老马哈莱和那两位仁兄依照布区的话，安安静静地走过去，那两个警察很可能不去注意他们，因为警察们不会想到附近会有人用炸药开夹万。但老马哈莱一见警察，顿时就紧张起来了，他掏出手枪，大放一阵，西班牙人约翰怎么办呢，他也摸出手枪干上了。

以后的事情是众所周知了，那两个警察中了枪躺下了，但到处都有警察赶来，狂吹警笛，也射了一些子弹。后来情况更加紧张起来，尤其当那些不去追赶老马哈莱这三位仁兄的警察们在四周一查勘之后，发现哈莱的老友记守夜人被紧紧绑住，四平八稳地放在地上。那个守夜人说，有几个歹徒炸坏了由他负责看守的夹万。

这时候，大布区和我在另一个方向走向第七道。大布区手中抱着小伊格拿蒂，这孩子现在哭得响得不得了。大概他还在想刚才听到的响声，希望再听到几声爆炸。不管是为了什么原因，他总之是在努力打破他号哭的优秀记录，我们不停地走，大布区这样对我说：

“我不敢跑，”他说，“因为假使警察看见我跑，就会向我开枪，说不定打中了小伊格拿蒂，再者，一跑就会摇动他肚子里的牛奶，他会生病的。我老婆常常警告我，在小伊格拿蒂吃饱牛奶的时候，不要摇动他。”

“嗯，布区，”我说，“我可没有喝牛奶，我对于自己摇不摇动并不在乎，所以，假使你不介意的话，到下一个转角，我又要稍稍跑他几步了。”

但就在这时候，我们对面第七道的转角上来了两三个警察，由一个肥佬帮办率领着，警察之中有一个刚刚大跑而特跑过一阵，所以气也不大喘得过来，他正在报告帮办说有人在那边炸开了一只夹万，还打倒两个警察。

就这样，大布区抱着小伊格拿蒂，衬衫的胸前放着两万元现钞，再加上入过三次狱的记录，笔直向那些警察们走过去。

我心中的确很为大布区难受，也为我自己难受，我对自己说，如果我能在这件事中脱身，此后一生决不再和任何人来往，除了教堂中的牧师。我记得那时我想，我比大布区要好些，因为我此后的一生不必像他那样在辛辛监狱中度过，我当时还感到怀疑，他们对小伊格拿蒂不知要判处几年徒刑，他那时仍在大哭大叫。大布区说：“乖乖，乖乖，爸爸的小亲亲儿子。”于是我听见警察之中有一个对那肥佬帮办说：

“我们把这两个家伙抓起来吧。他们或许有关系。”

嗯，当那肥佬帮办走到大布区身旁时，明显得很，对于大布区、小伊格拿蒂和我，那就算完了。然而那肥佬帮办并没有去抓布区，他只指指小伊格拿蒂，很开心地问：

“出牙吗？”

“不是，”大布区说，“不是出牙。肚子痛。我刚把这位医生从床上拉起来瞧他，我们要到药房里去买药。”

嗯，我听到这番说话自然大吃一惊，因为我当然不是医生，如果小伊格拿蒂肚子痛，那是他自作自受，但我只希望他们不来检查我的开业执照。那肥佬帮办说话了：

“真可怜。孩子的事我知道。我家里有三个。但是，”他说，“看这一孩子的模样，倒像是在出牙而不是肚子痛。”

于是，大布区、小伊格拿蒂和我自顾自地走了，我听见那肥佬帮办在嘲笑那个警察：

“不错，人家去炸夹万，手中当然得抱一个孩子啊。你将来会成为一个大侦探，没有错！”

此后几天中我一直没有看见大布区，后来我听说老马哈莱、小伊沙多和西班牙人约翰安然回到布洛克林区，只不过被警察向他们放射的子弹稍稍擦伤了一点儿，而中了他们子弹的警察，所受的伤也不重。再者，如果也由我自己决定的话，大概此后好几年我都不会见到大布区，但一天晚上他来找我了，他似乎为了什么事而心中非常高兴。

“喂，”大布区对我说，“你知道，我从不相信哪一个警察对于什么事情知道得很多，但我要承认，那天晚上我们遇到的那个肥佬帮办，却是一个非常聪明的家伙呢。他说小伊格拿蒂为了出牙所以大哭，那真不错，昨天这小家伙真的出了第一颗牙齿。”

神枪大盗

当一天下午大朱里走进我旅馆的房间中来时，我确然是非常紧张，因为任何人都知道，在我说话的那时候，大朱里是全世界最“热”的家伙。

事实上，谈到他的“热”，那是非常惊人的。在宾州的匹兹堡，他们想要见到他，那是关于一辆邮车被劫的事，在明尼苏达州的明尼那波里斯，也有人在闲谈中提到他，因为那里有人从一个信差身边拿走了五万元现款，而这个人还怪那个信差没有把钱保存好，在他身上开了几枪。

再者，密苏里州肯萨斯城的银行公会出了很高的悬赏，想请大朱里去谈谈。那里有一家银行被一个陌生人闯了进去，在混乱中出纳、司库和襄理身上都中了枪，守门人受了伤，两个警察被打得眼肿鼻歪，柜台中有一万五千多元被人移开原位，此后就永不再回来。

在俄亥俄州广州城的一家百货公司，杜尔都一家面粉厂的保险箱，华盛顿州史波凯纳城的一家杂货商店，以及旧金山一所邮政支局中，都出了一点事，在芝加哥也发生了枪杀案，但当然这并没有多大关系，因为受致命伤的只有一个人。但不管怎样，你可以想见大朱里的确是非常的热，全国的警察都在拼命找他。事实上，他可以说“热”得全身在起火。

当然，我并不相信如警察们所说的那样，这些案子都是大朱里干的，因为不管哪里出了事，警察总是朝最著名的人物身上推，而大朱里在美国全国是大名鼎鼎的。看来，这许多案子中不见得有半数以上是他干的，而对于其余一半他所干的案子呢，他或许能够提出出事时并不在场的证据来，但总而言之，他是很“热”的。我并不喜欢身旁有“热”家伙，甚至只不过有点儿“温暖”的家伙也不喜欢。

但在他走进我房里来时，我自然不会去对他说这种话，因为他或许会觉得我欢迎的意思不够诚恳，我不喜欢和他这种人混在一起，再者，如果大朱里觉得我欢迎得不够诚恳，就可能发起脾气来，在我头上干他几下，因为大朱里是极容易发火的。

所以我就和大朱里招呼，作非常愉快状，请他在窗边的椅上坐下，他在那里可以看到公民们在第八道上来来往往，还可看到马戏团的车子从第四十九街边上驶到麦迪逊方场花园去，因为在春天，马戏团到各地去表演之前，总先在那花园中演出。天气有点热，大朱里脱掉了外衣。我看见他手臂下有一支自动手枪，裤袋上还插着一支，我希望当大朱里在这里的时候，没有检查走进房来，因为在纽约城中，这样携带枪械是非常违法的。

“嗯，朱里，”我说，“这的确令我非常惊奇，我很高兴见到你，但我想，你在这时候到纽约来是很不聪明的，这里到处都非常紧张，人们只要犯了一点点小错，就会被警察拉了去。”

“我知道，”朱里说，“我知道。但不管人们怎样说，我在这里并没有犯什么太了不起的案子。我思念起故乡来了，尤其我离开这里已有好几个月。我想念百老汇道上的灯光和人群，想念左邻右舍的人们。再者，我要看我的妈。我听说她生了病，可能活不了，我要在她去世之前见她一面。”

嗯，在这种情况之下，自然每个人都想见见他们的妈，但大朱里的妈住在第十一道附近的西四十九街，而那个凶狠的警察尊尼·巴宁根就住在那边，我可以用一百比一和人打赌，只要大朱里回到他老家去，尊尼·巴宁根一定会知道，如果世界上有一个家伙是尊尼·巴宁根所不欢喜的，那就是大朱里，虽然，他们小时候是在一起长大的。

但事情看来是这样，即使他们在小的时候，互相的感情就已很不好，在他们长大后，尊尼进了警察局，他从不放过一个跟大朱里为难的机会，有时还想把大朱里抓起来。众所周知，大朱里在最近这次离开纽约之前，他会向尊尼·巴宁根猛击一拳，尊尼发誓说，他如不把大朱里放在他应到的地方，他也不休息，虽然，大朱里应到什么地方，尊尼并没有加以说明。

所以我就向大朱里谈起，尊尼是住在大朱里妈的邻近的，但这只有使他更为冒火。

“我并不怕尊尼·巴宁根。”他说。“事实上，”他说，“最近我还想起，我到了这里之后，我或许要好好地揍尊尼·巴宁根一顿。我还欠尊尼·巴宁根一顿老拳。但我要先去看我妈，然后我再去看琪蒂·克朗茜小姐。我猜想她见到我一定很惊奇，无疑的会很高兴。”

嗯，我想琪蒂·克朗茜小姐见到大朱里会很惊奇，这是绝对没有问题的，但她是不是会高兴，那就很难说了，因为一个男人离开一个女人一年或一年以上之后，不管她曾是如何爱他，她常常会去想别人，因为女人总是这样的，不论她们是住在第十一道的，或者住在花园道。我记得曾听人说起，这个琪蒂·克朗茜小姐有一度曾很喜欢大朱里，虽然，她开小酒排[1]的老头子贾克·克朗茜老是说，像大朱里这样一个家伙天天在他们家里转来转去，实在于他们家声有碍。

“过去一年多来，我常常想到琪蒂·克朗茜小姐。”大朱里说，他坐在窗边，望着马戏团的车子和人群。“过去几个月中我特别想念她。事实上，”他说，“那时我除了想念琪蒂·克朗茜小姐之外，没有什么别的事可做，那时我是在加拿大一个叫做圣约翰或者什么的城市外面，芬台湾旁一所旧仓库中，不断地想念琪蒂·克朗茜小姐之后，我发现我的确是非常地爱她。”

“我所以到那仓库中，”大朱里说，“因为有人在那城市的一家珠宝铺里拿了一些东西，而警察们开始要说我的不是。假使由我自己选择的话，我不会选中那间仓库，因为这是一所放毛皮的旧仓库，充满了古怪的气味，但在珠宝铺附近情况大乱的时候，有人在我屁股上放了一颗子弹，李昂·皮尔就带我到这旧仓库中来养伤。”

“非常的寂寞，”大朱里说，“事实上，如果你知道那是多么的寂寞，你会大吃一惊，天气冷得不得了，和我做

① 酒排，即非法经营的酒吧。

伴的则是一大群老鼠，就我个人而论，不管在什么情况之下，我都不喜欢老鼠，因为它们会传染病菌，当它们肚子饿的时候，就很可能在人睡着的时候咬他，那些老鼠对我就怀有这个企图。”

“那所仓库孤零零地离开市区很远，”朱里说，“除了李昂·皮尔来送食物和给我屁股换药之外，没有一个人到附近来，晚上清静得不得了，你可以听到寒风在外面呼啸，老鼠到处乱跑。有些老鼠是非常非常之大的，事实上，有些就像兔子那么大，它们活泼得很。起初，我很愿意和这些老鼠交朋友，但它们对我似乎含有很深的敌意，在它们咬了我几口之后，我发觉对它们亲善是没有什么用的，于是我要李昂·皮尔每天给我的手枪带许多子弹来，我对着这些老鼠来练习射击。”

“仓库是离开得如此之远，所以没有被人听见枪击的危险，”大朱里说，“这使我消磨时光。我练得打老鼠可以百发百中，不论它是坐着、跑着，甚至在空中飞着，因为这些仓库中的老鼠常常像山羊那样跳来跳去，它们的用意一般说来是想在飞过我身旁时好好地咬我一口。”

“嗯，先生，”朱里说，“有一天我自己计算了一下，我打中了五十头飞跑着的老鼠，没有一次失手，我以为这个记录可以使我有资格得到用四五口径手枪射击老鼠的世界冠军称号，”他说，“假使有人愿意和我挑战，作射击老鼠的比赛，我当然愿意接受，而且还要下一点儿赌注。”

大朱里说：“到后来，我打老鼠时可以全然得心应手，有几次，我对自己说，我要打这头老鼠的右眼，打那头老鼠的左眼，结果总和我所说的相同，虽然，有时你用四五口径的手枪在近距离打中老鼠时，并不一定总能够分清楚打中在什么地方，因为你会把它打成稀烂。”

“不久之后，”朱里说，“那些老鼠似乎有点怕我了，它们对我开始冷淡，甚至在我睡着的时候，也不想再来咬我。它们发觉，没有一头老鼠可以向我挠它的胡子，否则它一定会被我把胡子刨得精光。于是我不得不去找其他的消遣，但在那种地方，实在没有什么事情可做，最后我找到了一批医学书，读起来倒非常有趣。这些书籍大概是某一个悲眉苦脸的家伙留下来的，他用一把刀子在他老婆身上做了一次实验之后，退休到这里来反省一番。事实上，他大概把他老婆的头割了下来，而她就不再继续活下去，所以他带了他的书籍到那仓库中去，直到警察找到他，把他吊得的确非常之高。”

“嗯，那些书籍对于我是一种极大的安慰，对于外科学，我学到了许多惊人的东西，但我把那些书都读完之后，除了思想之外，就没有什么可做的了，我所想的是琪蒂·克朗茜小姐，回想我们在一起拍拖看电影，到这里到那里，干这样干那样，是多么的愉快，直到她老头子对我非常凶狠为止。不错，我再看到琪蒂·克朗茜小姐，和左邻右舍，和我的妈，我是很开心的。”

嗯，到最后，大朱里说一定要到他从前住的地方去，看能不能见到琪蒂·克朗茜小姐，还要去看他的妈，他邀我和他一起去。我可以想出一百万件比和大朱里一起去散步是我更愿意干的事来，但我不愿意让他以为我很势利，因为我说过，大朱里是动不动就要发脾气的。再者，我想在这个时候，比之在其他时间更不容易遇到尊尼·巴宁根，或者另外认识他的人，所以我说我愿意和他一起去，但当我们开步走时，大朱里带上了他的手枪。

“朱里，”我说，“出去散步不要带枪，因为可能会被人发现，例如被一个警察之类，你知道，不管他们认不认识你，他们马上会因你在本市携械而把你抓起来，这比你说一句‘贾克·鲁滨逊’还要快。你知道，在本市，禁止携带枪械的苏利凡法是规定得很严格的。”

但大朱里说，他出外如不带枪，怕会伤风，于是我们就走到第四十九街，折西走向麦迪逊方场花园，正当我们走到第八道，站住了让车辆行过以便沿步路过时，我看见花园在第四十九街的那一面发生了骚动，许多人四下奔跑，高声喊叫，向着天空张望。

于是我也抬头向上望，看见在花园的一所房子屋顶的边上，坐着一只极难看的大猩猩。起初，我不以为这是一只猩猩，因为它是如此之大，我以为是一个拳击家的经理人，他常整个下午站在那里替他的拳击家找对手，我看到一个拳击家的经理人站在屋顶边缘上，颇感惊奇，我猜想他是在和人打赌。但当我再看一眼时，我发觉这的确是一只大猩猩，而且是极其丑陋，虽然，我个人从未见过任何称得上相当漂亮的猩猩。

嗯，这只猩猩手臂里抱着什么东西，起初我辨认不出，但当大朱里和我沿步路过到花园对面的街旁时，我看到它手中抱的是一个婴儿。我自然猜想这是一种广告噱头，放在花园旁替马戏团或者沙基对李斯可的拳赛招揽观众，但男人们仍旧大叫大嚷四下乱跑，女人们尖声呼喊，我终于知道，发生了最惊人的事件。

事情是这样的，屋顶上那只猩猩就是出名的“本可”，它是马戏团中的，是美国全国或者其他地方都少有的猩猩，因为真正好的猩猩总是不常见的。嗯，当他们把“本可”的笼子搬到花园中去时，笼门松开了，众所周知，“本可”就跳了出来，跳跳蹦蹦地走到了街上，在那条街的人行道上，附近的许多孩子们在游戏，许多妈妈们在晒太阳，她们身旁的婴儿车中放着她们的孩子。像在西四十九街那些街道上，在天气好的日子，这种情景是很普通的，而且看上去决不讨厌，假使你是喜欢妈妈们和她们孩子的话。

这个“本可”走到一辆婴儿车旁，这辆小车是一个妈妈放在花园旁那条街的人行道上的，“本可”从车里拿出一个小孩来，虽然，“本可”要这个孩子来干什么，一直到今天还是没有一个人知道。那是一个极小的婴孩，对于像“本可”那样大的猩猩，他不可能有什么抵抗力，所以“本可”要对付他是毫不困难。我常听人说，猩猩甚至在和一个成人打架的时候，都会把人弄得狼狈不堪，虽然，我从没有见过猩猩和一个成人打架。那一定是第一流的精彩表现。

嗯，“本可”抱了那孩子，他妈妈当然要大叫起来，因为没有一个妈妈愿意她孩子和一只猩猩做伴，所以这个妈妈高声尖叫，想从“本可”手中把孩子夺回来，于是“本可”就沿着西四十九街边上一个大的电光广告牌，爬到了花园顶上。那个老“本可”坐在屋顶边，手中抱着孩子，那个孩子哭得很响，“本可”发出很滑稽的吵闹声来，对于开始聚集在下面街上的人群，张牙露齿。

一个身材很高大的家伙，卷起了袖子，在人群中跑来跑去，双手乱摇，想叫大家静下来，他一遍又一遍地说“请不要响”，但没有人对他加以任何注意。我猜想这家伙与马戏团有关，可能和“本可”也有关系。一个交通警察发现了这情形，去召第四十七街警察分局中的警察，还有人去找本街的消防队，不久，四面八方有警察奔来，救火车也开来了，那个袖子卷起的大家伙更加急得双脚乱跳。

“请不要响，”他说，“大家都不要作声，因为假使本可听到吵闹声受了惊吓，它会把孩子摔到街上来。它手边有什么就摔什么，”那个家伙说，“它在它老家的时候，常常摔椰子，所以养成了这个习惯。我们把救生网张开来，假使大家都静下来，我们或许能在本可把那孩子像椰子般摔下来之前，把孩子救出来。”

嗯，本可坐在七层楼顶的边上，手中抱着孩子，眼望地下，它抱孩子的姿势就像一个妈妈，但每个人都可以看出来，本可对于下面的人群毫不尊重，有一次它把孩子高举过顶，作势要向那一个人的头部掷去。我看见开赌场的大聂格也在人群中，后来我听人说，他在那里开价七对五和人赌这孩子会送命，但每个人都非常激动，没有心情和他赌博，虽然，他出的价钱倒并不坏。

在花园旁街边人行道上的人群中，我看见有一个女人一动不动地站着，脸上带着一种非常奇异的表情，凝望着那只猩猩和孩子，她那种凝重的神色使我再向她瞧了一眼，发现她竟是琪蒂·克朗茜小姐。她站着凝视的时候嘴唇在动，我知道她在自言自语地祷告，因为琪蒂·克朗茜小姐是一个在这种情况下知道如何祷告的女人。

就在我看见她的时候，大朱里也见到她了，大朱里走到琪蒂·克朗茜小姐身旁，和她招呼，虽然琪蒂·克朗茜小姐和大朱里分别已有一年多，但她转过身和他说话，语气就像刚在一分钟之前她还在和他谈过话似的。琪蒂·克朗茜小姐对大朱里说话的神气，就似乎他从未离开过，这的确是非常奇怪的。

“想点办法，朱里，”她说，“你总是有办法的。啊，请你想点办法，朱里。”

嗯，大朱里一句话也不答。走出人群，手伸向他裤子的腰边，我连忙拉住他的手臂，对他发话了：

“老天，朱里，”我说，“你要干什么?”

“啊，”朱里说，“我要把这只贼头贼脑的马骝打死，免得它把孩子丢在什么人的头上，据我所知，”朱里说，“它可能打到我，我可不喜欢任何人的孩子打在我头上。”

“朱里，”我很热切地说，“不要在这许多警察面前掏出枪来，你一掏出来，他们马上会抓到你，单是带枪就是一个罪名，你如果被他们抓去，那就大事不妙，因为这里那里都在悬赏要找你去。朱里，”我说，“全国各地都在很热心地盼望你去谈谈，我不希望你被他们抓到。并且，”我说，“你可能没有打中那只猩猩，反而打中了那个孩子，任何人都知道，那只猩猩在那样高的地方，你要打中它而不打到孩子，这是非常困难的。再者，即使你打中了猩猩，它会跌到街上，把孩子一起带下来。”

“你的话蠢得不得了，”朱里说，“我放枪从来没有不中的。我的子弹要打在那只猩猩的两眼之间，它就会向后仰跌而不会向前俯跌，那孩子就不会受伤，因为任何人都看得到，那猩猩坐的地方后面掉不下去。我已经研究过这局势了，”朱里说，“我知道，假使有一个人，就像这猩猩那样坐在屋顶边上，从很高的地方望下来，他自动的本能会使他向后仰，这样，假使有什么东西碰他一下，例如两眼之间吃到一颗子弹之类，他跌倒时就跌向后面。这些知识是我从那个医生的书上看来的。”朱里说。

于是，他手突然伸出来，他手中拿着一支手枪，我听到“克啪”一声。当后来我回想这情景时，我记起大朱里并没有如一般人要射击什么东西时那样瞄准一下，但老“本可”一听见枪声，似乎跳了一下，然后向后倒了下去，那孩子仍旧抱在它手中，哭得更加响了，大朱里对我发话了：

"刚在两眼之间的正当中，我可以打赌，"他说，"虽然，这并不能说是一个很了不起的目标。"

嗯，在一分钟内，大家感到莫名其妙，都安静下来，只有那个衬衣袖子卷起了的家伙，对大朱里大感不满，他说，假使他打伤了"本可"，马戏团要控告他，要他赔偿损失，因为这头猩猩值得十万美元。我看见琪蒂·克朗茜小姐双手合拢，跪在人行道上，抬头向上望着，大朱里又把他的手枪插回腰去。

那时，已有人从屋子里面走到了屋顶，要把"本可"搞下去，他们大叫一声，不久，我看见其中一人把孩子举了起来，让街上每个人都可以看到。另外两个人走到屋顶边，把"本可"抬起来给群众看，它已死得不能再死，有一个人在"本可"的两眼之间指指，表示猩猩被子弹打中的地方，琪蒂·克朗茜小姐走到大朱里身边，想说什么话，但结果却很响地哭了起来。

嗯，我想大朱里和我应当马上乘机松人[①]了，因为这时每个人都在注意屋顶上的事，我并不愿意让那马戏团的家伙有机会向大朱里提出诉讼，为了他射死那只值钱的猩猩而要他赔偿损失。再者，有几个全副武装的警察在很不

① 松人，粤语中指溜走。

怀好意地观察大朱里，我猜想他们在任何一秒钟中都可能把手铐戴到朱里手上去。

突然，一个瘦瘦的年轻人走近大朱里身旁，向他说话了：

“朱里，”他说，“我要和你谈谈。”这个人就是尊尼·巴宁根。大朱里自然要去摸手枪，但尊尼拉住了他走开去，走得非常之快，使大朱里没有采取行动的时间。

“不用摸枪，朱里，”尊尼·巴宁根说，“不用摸枪，不必摸。跟我来，快。”

嗯，大朱里倒被他弄得有点胡涂了，因为尊尼·巴宁根的行为并不是像一个要抓人的警察，于是他就和尊尼一起走，我跟在他们后面，走了半条街，尊尼拦住一辆的士，要我们坐进去，他叫司机不停地在第八道上开来开去。

“你一来到本市，我就得到了消息，朱里，”尊尼·巴宁根说，“我正要到你妈家里去，准备等在那里抓你，我想你一定会去的，哪知花园中出了这件事。到下一个转角，我要下车，你乘车去看你的妈去吧，看过之后马上离开本地，因为这里正在想尽了法子要抓你，朱里。”

“嗯，”尊尼·巴宁根说，“朱里，你知不知道，你救的是我的儿子？是我和琪蒂·克朗茜的？我们是在一年之前的今天结婚的。”

嗯，一时之间，大朱里显得非常吃紧，后来他大笑起来，他道：“嗯，我决想不到这是琪蒂·克朗茜的儿子，但我一见到他，马上知道是你生的，因为他非常像你。”

“不错，”尊尼·巴宁根说，很感得意，“大家都说他像我。”

“就是在很远的地方，我也看得出他像你，”大朱里说，“事实上，”他说，“你们两人真是惊人地相像。但是，”他说，“我要告诉你，尊尼，我放枪的时候遇到了一点困难，屋顶上有两张脸孔，我怕打错了一张，因为要分辨那只马骝和你的儿子是很不容易的。”

恋爱大王

一天晚上，白伦和我在百老汇道明戴餐室前面走来走去，东谈西讲，那时来了一个衣衫褴褛的红发女人，她是卖苹果的，每只五仙[①]，白伦很爱吃苹果，他从篮子中拿起了一只，给了她一张五块钱的钞票。

这个衣衫褴褛的红发女人大约三十多岁，就相貌而论，简直是一只乌鸦，她眯着眼向那张五元钞票瞟了一瞟，对白伦说：

“五元钱我找不出，”她说，“但我马上就可以去给你换来。”

“不用找了。”白伦说，在苹果上咬了一大口，拉了我的手臂要走。

嗯，那个衣衫褴褛的女人望着白伦，我看见她眼中突

① 五仙，粤语指五分钱。

然涌出了大颗的泪珠，她说：

“啊，谢谢你，先生！谢谢你，谢谢你，上帝保佑你，先生！”

于是她匆匆地向街的一端跑去，双手掩住眼睛，两肩抽动，白伦非常惊异地转过身来，望着她直到看不见为止。

“啊，了不得！”白伦说，“昨天晚上我给了一万元给桃丽丝，她所表示的感激，还没有这个女人得到五块钱时的一半。”

“嗯，”我说，“或许这个卖苹果的女人需要五块钱比桃丽丝需要一万元还更迫切。”

“或许是这样，”白伦说，“当然，桃丽丝所给我的东西，不止是一个苹果和一句上帝保佑你。桃丽丝给我的是爱情。我猜想，”白伦说，“我在爱情上所花的钱，恐怕不会少于历史上任何哪一个人。”

“我猜正是如此。”我说。事实上我们两人都没有猜错，因为我曾偶然地想起，如果白伦一年为爱情花三十万元，那么他“爱情经费”的开支的确还是非常节约的，因为众所周知，白伦除了他自己的妻子外，还有三个女人。

事实上，有时许多公民都称白伦为“恋爱大王”，但只在他背后说，因为白伦认为除了极少数的人外，其他的人对于他的恋爱是完全不知道的，虽然，我在纽约所认识的人中，惟一不知道白伦恋爱事件的人，是一个又聋又哑又瞎的家伙。

我曾读到过一个故事，说很久以前有一个家伙名叫所罗门王，他同时拥有一千个女人，就搞女人而言，他的规模确是相当庞大了，但我可以担保，就是把所罗门王所有的女人都加在一起，她们的花费也不及白伦的女人的任何一个。单是桃丽丝一个人的经费，就会使一个普通人发疯，而比之辛茜亚和波贝，桃丽丝实际上是很节省的。

此外还有一个夏绿蒂，她是白伦的老婆，她极爱交际，经常要许多许多钱来开动她的社交机器。我曾听白伦对波贝说，他太太有一点儿病，但只要给她钱，她的病就好了，虽然，对于全世界几乎所有有病的女人，这个法子当然都是适宜的。

像白伦这样长期在百老汇捞的人，他不得不在这里那里弄上一些女人，但极大多数的家伙在一个时期中都只弄一个，当这个和他闹翻了时(百老汇的女人们是这样子的)，他就再弄一个，这样搞下去，搞下去，直到他年纪太老，对女人这种事不发生兴趣为止，那就是说他那时大概有一百零四岁了，虽然，我听说有好几个家伙甚至打破了这个纪录。

但白伦的作风却大不相同，他弄上了一个女人，就经常地保存在那里，而其中也没有一个和他闹翻，对于一个普通的家伙，这或许是一件非常头痛的事，但白伦却对此大为高兴，因为这使他觉得他有极伟大的吸引女性的力量。

“如果她们爱上了我，她们并没有错，”白伦一天晚上对我说，“不论怎样，我总不会让她们感到烦恼。”

像白伦这样精明的一个家伙居然也会说这种话，嗯，我当然是大为惊异，但我想他的心思或许真的是那样，因为白伦经常觉得自己十分了不起。然而，有些家伙说，白伦所以保存他所有的女人，因为他太自私了，不肯放弃，虽然就我个人而论，如果白伦送我一个，我也不愿接受，只是如果把波贝送给我，那或许还可考虑。

不管怎样，白伦把他搞上手的女人都保存起来，再者，他还在她们身上花了不少钱，买汽车、钻石、皮大衣、大洋房给她们——尤其是大洋房花钱最多。有一次我对白伦说，如果他租一幢大楼，把他所有女人都放在一起，变成一个快乐的大家庭，而不是把她们分散在纽约城的各处，那就可以省很多钱，但白伦说这个办法不妥。

“第一，”他说，“她们互相不知道有对方的存在，只是桃丽丝、辛茜亚和波贝知道我有一个老婆夏绿蒂，而夏绿蒂却不知道我有这些女人。她们都以为是我唯一的情人。所以，如果我把她们聚拢在一起，她们就会为了争夺我的爱情而互相妒忌。而且，”白伦说，“这样搞法是很不道德的，是犯法的，”他说，“把她们分散在不同的地点还更好一点，因为我想回家的时候，有许多家可回，想到这一点时我心中颇为得意。事实上，”白伦说，“我想比之百老汇任何一个家伙，我的家庭是最多的了。”

嗯，白伦说他的家比任何人多，但白伦要许多不同的家到底有什么用，这在百老汇确是一个大秘密，因为他很少回家。他所以不回家，理由是这样，他一回家之后，纽约可能会发生许多事情。白伦很少到特定的地方去。他从来不与他的哪一个女人在公共场所出现，只是一年中有一两次和他妻子夏绿蒂到外面走动一下，后来他也不和她一块出外了，因为桃丽丝说，这使桃丽丝的朋友们看起来很不好。

白伦与夏绿蒂结婚时，还没有成为美国东部最大的赌场老板而发大财，但他从来不与一般丈夫那样，坐在家里和妻子厮混。再者，他从前穷的时候，混的地方离家很远，回家不便，所以他终于养成了不回家的习惯。

但夏绿蒂决不是一个愿意长年呆在家里望着墙上图画的女人，因为她墙上的图画，画的只不过是母牛在草地上走路，以及盖满了雪的房屋，所以如非必要，她也不回家，她和她自己的朋友玩得很高兴，尤其在白伦捞起之后，有钱供给她，她是更加的舒服了。

关于白伦和他的女人，我倒要说一句好话了：他从不弄一个难看的女人。他对于面貌和身材，有很高明的鉴别眼光，甚至他的妻子夏绿蒂也决不是一只丑乌鸦，虽然，她近来是没有从前那样年轻了。至于桃丽丝，在她最出风头的日子中，是齐格飞歌舞团中最美的美人之一，她最出风头的日子虽然不是昨天，甚至也不是前天，但就相貌而论，桃丽丝还是十分精彩的。桃丽丝大约三十二三岁，非常活泼，不管怎样，她的头发是非常金黄。

事实上，白伦对于那些女人的头发是黄色或是褐色，他并不在乎，因为辛茜亚的头发如狼的良心那么漆黑，而波贝的头发则介乎两者之间，是浅棕色的。辛茜亚比桃丽丝新鲜些，是卡洛儿歌舞团中的人，我听人说，她到纽约来是为了参加竞美大会，如果不是一位裁判给另外一个参加竞美的小姐眉花眼笑一番，辛茜亚是可以获胜的。

当然，辛茜亚那时也眉花眼笑了，但是她的眉花眼笑找错了对象，她向之卖弄风情的人她以为是一位裁判，哪知其实是一位记者，对于比赛的决定并无发言权。

嗯，卡洛儿对辛茜亚非常同情，就雇她参加他的歌舞团，让她一丝不挂地走来走去，白伦看见了，此后，众所周知，她就坐在一辆军舰那样大的外国货的汽车里，“波波”地驶来驶去。

我个人以为，在白伦那些女人中，波贝是最聪明的一个。

我为什么说波贝最聪明呢，因为就貌相而论，她是平平无奇的，她也没桃丽丝与辛茜亚那样的机会，在戏台上脱光了衣服走来走去表演曲线，让白伦那种人可以见到。波贝开始时只不过是做华尔街上某一个家伙的私人女秘书，而且她当然必须穿上衣服，而且穿得必须与目下一般女人那么多，虽然，大家都穿得不多。

白伦有一次与波贝的雇主有了一点儿生意来往，和波贝谈起话来，波贝告诉他，她如何希望见到他，如何听人谈起他，在报纸上读到关于他的消息，她在心中如何想像他是多么漂亮多情，而一见之下，果然不出所料。

我要说明，因为我经常要保持我的绅士风度，所以我从不说哪一个女人说谎，据我所知，波贝或许真的认为白伦的模样漂亮而多情。但我认为，当她对白伦说这些话的时候，即使没有说谎，至少也稍稍夸张了一些。你要说白伦漂亮吧，至多只能说他的衣服很漂亮。

他大约四十岁左右，腰围是开始慢慢地粗起来了，因为他在桌边玩牌的时间太多，而从不和我这种爱走路的人每晚在明戴餐室外散步几个钟头。他的面容清清楚楚，颐边总是十分苍白，他的牙齿不坏，当他愿意微笑的时候笑容也很不坏，但对于欠他钱的人，他是从不微笑的。

我要给白伦说一句好话，他有一种所谓个性的东西。他讲故事讲得很动听，虽然，在他所讲的故事中，他自己总是主角，他还知道许许多多打动女人心灵的法子。他受过相当教育，而辛茜亚、桃丽丝（可能夏绿蒂也在其内）这些人，却认为银行的一笔存款比耶鲁大学与哈佛大学所有的教育加在一起还更有意思，波贝似乎有一点儿知识分子气息，所以她自然而然地在白伦身上捞到了许许多多。

嗯，不久之后，波贝就坐在一辆比辛茜亚的车子更大的汽车中了，虽然还不及桃丽丝的车子大，波贝所住的佛拉布许区中的女孩子们都非常妒忌，跑来跑去说了她许多闲话，但她们的眼睛却睁得大大的，想给自己也找大车子来坐坐。就我个人而论，我总觉得白伦从佛拉布许区这种下等的住宅区找一个女人，实在降低了他的身份，尤其波贝不久就和一批新闻记者之类的文化人交际起来。

但不可否认，波贝是一个非常聪明的女人，近四五年来，她成为白伦的女人之一，她从他那里得到的钱，比其他所有的女人加起来还要多，因为她总是不断地对他说，她如何如何地爱他，说她无论如何缺不了他，而桃丽丝和辛茜亚呢，一个月中只对他这样说一两次而已，她们忘记了必须多说几次。

一天清晨，一个名叫贾克的家伙冲向白伦，在他左边胸口刺了一刀。他是史温雇来刺白伦的，史温在赌博中输了许多钱给白伦，白伦逼他还债，他就大为恼怒。贾克本来是众所公认的使用刀子的能手，他本来瞄准白伦的心，但偏了两吋，在白伦左胸深深戳了一刀，使他痛苦异常。

双骰赌鬼大聂格和我正站在五十二街与第七道之间，那时是深夜两点钟，我们也没有谈什么话，突然，白伦从五十二街跌跌撞撞地奔过来，投入了大聂格的双臂之中，他伤口中的血喷溅出来，把大聂格一件新衣弄得一塌糊涂，那是他刚刚前几天花了六十元买来的。大聂格对于这件事当然很不满意，但现在没有时间来与白伦说这种事情。我们发觉白伦受伤极重，情形不妙。

我们看见白伦处在这种情况之下，当然并没有大为吃惊，因为好几年来他就一向是被人行刺的目标，这个家伙想这样干他，那个家伙又想那样搞他，但我们从来没有预料他竟会如此像一头火鸡那样被人猛切一刀。我们本来预料会有几颗子弹钻进他的身体之内，我和大聂格看见附近竟有人以刀子为工具来切人，都大为气愤。

我们正在气愤时，白伦对我说：

“去叫律师魏斯布格和医生佛里舒来，”他说，“送我回家去。”

像白伦这种家伙，当然要先见律师再见医生，魏斯布格是白伦的律师，非常精明。

“嗯，”我说，“我们最好送你到医院里去，他们马上就可好好医治你。”

“不，”白伦说，“这要保守秘密，这件事如马上宣扬出去，对我是很不好的，如果你们送我进医院，他们必须报告警察。送我回家。”

白伦的家很多，我当然问他哪一个家，他思索了一回，似乎那是一个必须好好予以研究的问题。

“派克道。”白伦最后说了，于是大聂格叫了一辆的士，扶白伦坐进去，叫司机开到派克道近六十四街的一所公寓去，白伦的妻子夏绿蒂就住在那里。

我们到了之后，我觉得最好由我先去温和地把这消息通知夏绿蒂，因为我以为，一个做妻子的人，听说她丈夫在深夜里被人切了一刀而送回家，当然不免惊骇异常。

嗯，门房与管电梯的人不许我到白伦的公寓去，说里面有大宴会，但我对他们说，白伦生急病送回来，他们才让我上去。

我揿电铃后，一个又肥又大的仆人出来开门，我看见公寓里有许多穿晚服的男人与女人，还有人在高声唱歌。

那仆人想对我说不能见夏绿蒂，但我终于使他相信还是见一见的好，所以不久她就到门边了，她的模样看上去真是赏心悦目，满身珠宝。我先说了一会闲话，以免令她太过惊吓，然后我对她说，白伦遇到了意外，我们用的士把他送来了，问她把他放在什么地方。

“啊，”她说，“当然把他送医院啦。今晚我在招待几位非常重要的客人，带一个病人进来吵闹他们，那怎么可以。把他送到一家医院去，对他说，明天我会去看他，带点肉汤给他吃。”

我想对她解释，白伦并不需要什么肉汤，只要有一个好好的地方躺下来休养，但她向我大发脾气了，说：

“我对你说，把他送到医院去。他在这个时候回家，真是滑稽。他有二十年没有这样早回家了。”她“砰”的一声把门关上了。

当我等待电梯时，她又把门打开了一条缝，说：

“喂，他受伤重不重？”

我说，我们不知道他的伤到底有多重，她把门又关上了，我回到的士里去，心里想这个女人真是没有良心，虽然，我知道吵散她的宴会对她是很不便的。

白伦躺在的士后面的角落里，他的眼睛半开半闭，那时大聂格已用一块手帕使血止住了一点，但我觉得白伦非常软弱。当我回进的士中时，他想抬起身来，我对他说他妻子不在家，他微笑了一下，轻轻说：

“送我到桃丽丝那里去。”

桃丽丝住在西七十二街靠近地下车道的一座大公寓中，我叫的士司机开到那里去，那时白伦似乎打起瞌睡来了。大聂格靠过来对我说：

“送他到那边去是没有用的，”大聂格说，“我今晚看见桃丽丝着了貂皮大衣，装扮得非常漂亮地和她情人那个戏子若克华伦出外去了。四下对于他们这种做法闲话很多。我们把他送到辛茜亚那里去吧。”大聂格说。“她为人很是慷慨，一定很愿意收容他。”

辛茜亚在第五道一所大酒店里租了一套房间，每年租金一万五千元，辛茜亚是一个喜欢住在市中心区的女人，这样，她一听见什么地方发生了什么事情，她马上就可赶去。我们到了那酒店后，从下面打电话上去，说我有一件非常重要的事要见她，辛茜亚叫我上去。

这时大约是三时一刻，辛茜亚竟在家里没有出去，倒令我颇为诧异。

但辛茜亚真的是在家，她穿着睡衣，头发垂下来，看上去真是美丽，我发觉白伦的确不是笨货，因为他找的女人都十分精彩。她高高兴兴地向我“哈啰”了一下，但当我对她说明为什么要来找她之后，她脸色马上变得非常严肃，她说：

“听着，”她说，“我在这酒店里遇到的麻烦可真够受了，昨晚我在这里请客，有两个家伙为了我而打起架来，一直弄到警察来把他们拆开，这种事情我不能再受了。如果消息传出去说白伦在这里，那怎么办？报上关于我将说些什么？你想想我的名誉！”

嗯，大概在十分钟之内，我发觉与她争辩是没有什么用了，因为她说起话来比我快得多，她说的话主要是关于如果她让白伦进来，她的名誉将遭受多大的损失，所以我就走了，让她穿了睡衣站在门边，看上去仍旧非常美丽。

我们无法可想，只有把白伦送到波贝那里去，她住在东河边苏顿区的一家公寓中，附近都是旧式的穷人住的房屋，但大亨们在其中建造了一批华贵的公寓，波贝就住在一家公寓的两层楼里，当我们向那边去时，白伦躺在的士里已经上气不接下气了，我对大聂格说：

“聂格，”我说，“我们到了波贝家里后，不用先去问她，把白伦扶进去就是了，使波贝无法拒绝，虽然，”我说，“波贝是一个好女人，我相信她一定会尽力地来照料他，尤其，”我说，“白伦为她的公寓付了五万元钱呢。”

所以，当的士停在波贝的公寓前面时，聂格和我就把白伦挟在我们两人中间，走到波贝的门前，我按电铃。波贝自己来开门，我看见有一条男人的腿跨进了波贝身后的一间房里去，当然，这种情景也没有什么不对，即使那个男人的腿上穿着粉红色的睡衣。波贝看见白伦软瘫在我们两人之间，自然大为惊讶，我对她解释，白伦被人行刺了，他叫我们送到他的波贝这里来，但她没有邀我们进去。再者，她不让我把话讲完，因为我讲得越来越凄凉了。

“如果你们不马上把他带走，”波贝在我还没有讲到最悲惨动人的部分就打断了我的话头，“我要叫警察来了，你们就会被逮捕，因为你们知道他遇刺的经过。”

于是她把门“砰”地关上了，我们把白伦抬下楼去又走到街上，我们突然想到波贝的话很不错，如果别人发现我们拖着被人刺伤的白伦，又如果他突然瓜直，那我们就很尴尬了，因为不管我们如何解释，警方对于像大聂格和我这种人所说的话，当然是不爱相信的。

再者，在我们把白伦抬出的士之后，那个司机一定也想到了这一点，因为我们出来时已经看不见那辆的士了，这是深夜，我们在东河边，一时找不到的士，而每一分钟都可能有警察出现。

嗯，我们除了松人之外别无他法，于是大聂格和我开始移动，我抬住白伦的脚，大聂格抬住他的头。我们走得很慢，一听见有人走过来，马上就躲在黑暗的门边，我们穿过几条街后到了贫民区，突然，一所房子的地下室里出来了一个女人。

我们还没有来得及躲到黑暗的地方她就看到我们了，这个女人似乎非常大胆，因为她直接跑到我们身边来，看看大聂格和我，然后再看看白伦，白伦的帽子在被我们抬着走的时候掉在路上了，所以虽然街上的光线很黯淡，他苍白的脸还是可以看得清清楚楚。

“啊，”那女人说，“这就是那位好心肠的先生，他向我买一个苹果给了五块钱——我把这五块钱买了药，救活了我儿子乔埃的性命。发生了什么事啊?”

“嗯，”我对那女人说，她仍旧穿得很褴褛，头发仍旧是红色的，“没有什么大不了的事，只是如果我们不马上把他送到什么地方去，他就要瓜直了。”

“抬他到我家里去吧，”她说，指着那所她刚从其中出来的房子，“那里的地方不好，但你们可以让他在那里休息一下，再去请医生。我正要到药店里去替乔埃买药，幸亏这位先生做好事，我儿子现在是没有大碍了。”

于是这个女人带路，我们就把白伦抬下地下室去，我们跟着她走进一间房间，那里的气味就像是一间洗衣店，地板上睡满了孩子。房中只有一张床，其实这张床根本也算不得是床，这张床上也有一个孩子，但红发女人把孩子推在一边，叫我们把白伦放在孩子的身边。于是她拿了一块湿毛巾来给白伦擦脸。

白伦终于睁开了眼睛，看着这衣衫褴褛的红发女人，她非常愉快地向他笑笑。后来我仔细想了一下，我猜想我们把他搬来搬去时，他虽然或许由于没有气力而不说什么话，但一切情形他是知道的。不管怎样，他转向大聂格，对他说：

“尽快找魏斯布格和佛里舒来，”他说，“无论如何要找魏斯布格来。我不知道我受伤有多重，但我有几件事必须要对他说。”

嗯，白伦受的伤是很重的，事实证明他根本好不了，但他在地下室中还是挨了三天才死。

在这三天中，白伦躺在那衣衫褴褛的红发女人的病孩子乔埃身旁，那女人服侍他，因为老医生佛里舒说，白伦不能移动，一动只有使他瓜直得更早。事实上，佛里舒医生觉得我们把白伦这样搬来搬去之后，他居然没有马上就死，颇为惊异。

白伦的葬礼在惠金斯公墓举行时，我去参加了，百老汇其他的人也都去了，我一生之中从未见过这样多的鲜花。棺材上地板上都堆满了花，其中有些一定非常昂贵，目下在纽约，鲜花是很不便宜的。事实上，各种各样的鲜花都是又大又贵，反而使我注意到了一小束凋谢了的红康纳馨，这束花不见得比你的拳头大多少，它放在一大片紫罗兰的旁边，这束紫罗兰啊，可有盖在马身上的毡子那么大。

那束康纳馨上缚着一张小卡片，上面写着："给一位好心肠的先生。"我心里想，在这价值数千元的许许多多花束之中只有这一束凋谢的康纳馨才代表着真诚的感情。我把这意见对大聂格说了，他说我的想法大概不差，但即使是真诚的感情吧，对于已经瓜直了的白伦也没有什么好处。

每个人都可以告诉你，在葬礼的即席号哭中，白伦的妻子夏绿蒂表现得最精彩了，但桃丽丝、辛茜亚、波贝各人也都有一手。事实上，波贝哭得如此之响，以致有人说要把她扶出礼堂去，以免扰乱秩序。

然而，我后来听人说，她们在葬礼中虽然哭得这样大声，但真正哭泣得异常伤心的，却是后来的事了，因为白伦在临死时叫他律师魏斯布格来写了一张新遗嘱，把他所有的钱都遗赠给了那个衣衫褴褛的红发女人。她名叫奥哈洛兰，她丈夫是一个泥水匠，已经死了，她有五个孩子。

嗯，起初，百老汇的人都说白伦这样做真是大快人心，让他妻子夏绿蒂以及桃丽丝、辛茜亚、波贝都得到报应；从这些人谈话的语气中听起来，你会以为他们要给白伦建造一个纪念碑，以表彰他对那个衣衫褴褛的红发女人的慷慨。

但在他死了两星期之后，我听许多人说，这个衣衫褴褛的红发女人其实是白伦从前的情妇，那些孩子恐怕就是他生的，他所以把钱遗给他们，因为他最后良心发现了，百老汇上许多人都是这样的。但我个人知道这件事完全不确，因为如果白伦缺少什么东西，那就是一个良心。

马场经纪

这是一九三一年的春天了，经过了一个难熬的漫漫的冬季，时势很坏，股票市场整个垮台，左邻右舍的银行也都倒闭了，警察当局对这个那个乜乜东东[1]苛刻得要命，本城的许多公民也都不得不尽力而为。

各处很少绑票案子发生，在百老汇，许多公民都穿着他们去年的衣服，实际上没有什么钱去赌马或者赌任何东西，对于这种情况谁也会感动的。

所以当我听到谣传说，有些地方在进行绑票，我一点也不惊奇，因为绑票虽然决不是一种高尚的业务，甚至被认为有一点儿非法，但究竟是度过难关的办法。

再者，我听说这件绑票案子是一个名叫老马哈莱的家伙干的，我也不感惊奇，他是布洛克林区的人，对于干什

① 乜乜东东，粤语指“某种东西”。

么业务，他是不大放在心上的，他和布洛克林区其他的人如西班牙人约翰和小伊沙多等合伙，他们对于干什么业务，也是不大放在心上的。

事实上，老马哈莱、西班牙人约翰和小伊沙多在各方面都是很厉害的脚色，当他们从布洛克林区来到曼哈顿区而展开绑票业务时，各方面大起反感，因为曼哈顿区的公民们觉得，假使本区中有什么绑票业可干，他们有自行经营之权。

但老马哈莱、西班牙人约翰和小伊沙多对于当地的情绪没有多加注意，以相当的规模展开了绑票业务，不久，我就听到谣传说，他们业务的范围相当广。当然，这范围也不是大得不得了，但已足以使他们不致挨饿，不久之后，老马哈莱、西班牙人约翰和小伊沙多就在马场中赌马了，因为假使有一件事情是他们都喜欢的，那就是赌马。

对于绑架业务，有许多公民存在着一种全然错误的观念。许多公民们以为，干绑票只要把那个被绑的人找到，把他抓起来放在某个地方，直到他的家人或者朋友张罗到绑票人所开出的价钱。很少有人了解，绑票业务必须组织良好，而且极有系统。

第一，如果你要去绑票，你不能随随便便把哪一个人抓走，你必须知道你所绑的人是谁，因为假使绑到一个没有什么钱来赎身的人，那么这种绑票就毫无价值之可言。你并不能根据一个人的外表或生活方式来决定他是否有钱，因为有许多人出入有汽车，穿了漂亮的衣服，花钱很爽气，其实只不过是空心阔佬而已，并没有多大水头[①]的。

当然，这种家伙是不值得去绑他票的，同时，经营绑票业务的人也不能到处打听别人的银行存款，或者询问这个那个的夹万中有多少现钞，因为这种问题会引起人们的疑心，而引起别人的疑心却是很危险的。所以，经营绑票业务的人要寻找客户，必须和某个供给内情的线人打交道。

线人必须知道他所介绍的客户有很多的钱，而且必须知道这客户在被绑票之后不会过于声张，例如去报告警察之类。这客户一定得是合法的人，譬如说是生意人，而他须有不愿别人知道他被绑票的原因，线人须得知道这些原因。可能这客户是在过着一种不大正常的生活，例如他家中有了一个妻子七个孩子，却在外面养着一个金发靓女，他不希望因自己被绑票而这种习惯弄得众所周知，尤其当他被绑时正是与那金发靓女在一起。

有时候有些客户不愿意有火柴在他们脚底心上上下

① 水头，粤语指财力。

下，对于被绑而不愿意爽爽气气地银货两讫的客户，常常会发生这种情形，因为有些客户的脚底心是很怕痒的，特别当火柴是烧着的时候。另一方面，可能那客户并不是一个合法的家伙，例如开赌场或私酒店的老板，或者经营某种其他不能公开的行当的人，这些人也不喜欢有人在他们的脚底心搔痒。

在绑票业务中，这种客户是很受欢迎的，因为他总是不讨价还价就结清账目。当一个客户结清了一次账目之后，假使有任何人马上又再去绑他的票，会被公认为是十分不道德的行为，所以对于这种交易，他是不至于过分大惊小怪的。线人从账款中抽取百分之二十五的佣金，大家皆大欢喜之后再开始新的业务，这对于市场交投的活跃很有好处。被绑的客户可能知道绑他票的人是谁，但他永不知道谁是线人，众所公认，这是一种商业秘密。

一天晚上，我和新闻记者华尔杜谈到近来绑票业务的繁荣，他对我说，这是世界上历史最悠久的业务之一，不过他称之为“绑人勒赎”，对于目前在经营绑票业务的人，这是一个极令人厌恶的称呼。华尔杜宣称，在好几百年以前，有人绑架男人或女人，把他们藏起来勒索赎金，华尔杜还说，他们甚少绑架很小的儿童，华尔杜表示，这是一种极端卑鄙的行为。

嗯，华尔杜说绑架妇女儿童是一种卑鄙的作为，那没有错，但当然，在现在这种时势，还有谁会动这种脑筋？因为现在你要摆脱一个女人还极不容易，有谁肯花钱赎她出来？至于儿童们，那是很麻烦的事，因为他们的妈咪当然要跑来跑去大哭大闹，再者，儿童是极度危险的，他们每分钟都可能发出麻疹或者其他乜乜病症，传给别人。

嗯，不管怎样，当我知道老马哈莱、西班牙人约翰和小伊沙多是在经营绑票业务之后，我在星期二晚上遇见他们一点也不感高兴，那时我正站在第五十街与百老汇道之间，虽然我当然作愉快状而与他们招呼一番，并说我相信他们近来一定很好。

他们站在那里和我谈了几分钟，那凶狠的警察约翰·布拉尼根并没有路过而看见我们，我很是高兴，因为如果他看见我和他们混在一起，就会对我有极恶劣的印象，虽然我对于这次相会并不能负责。但我当然不能马上松人，因为老马哈莱、西班牙人约翰和小伊沙多会觉得我不和他们要好，因之大大不开心。

“嗯，”我对老马哈莱说，“近来怎么样，哈莱？”

“不大顺手，”哈莱说，“我们有四天没有赌马了。事实上，”他说，“我们今天倾家荡产了。我们已口袋向天。凡是肯相信我们的马场经纪，每个人那里我们都欠了钱，现在我们是要出去调动头寸[1]清理债务。不管怎样，马场经纪的钱总是要还的。”

嗯，这完全不错，因为假使谁欠了马场经纪的钱不还，那么他的商业信誉就要大大低落，因为那马场经纪当然要到处去诋毁他，我听到老马哈莱提到这种神圣不可侵犯的原则，很感愉快。

“再说，”哈莱说，“你认识一个名叫经纪鲍的家伙吗?”

我和经纪鲍并没有交情，但当然知道经纪鲍是谁，本城凡是到过马场的人都知道他，因为他是这一带最大的马场经纪，身边水头极旺。再者，众所公认，经纪鲍到瓜直之时还是会有钱的，因为他用钱极为小气。事实上，经纪鲍已孤寒[2]到了不能再孤寒的地步。

他身材肥矮，头顶光秃，他的头总是稍稍摇来摇去，有人说这是神经麻痹的病征，但大部分公民认为这是由于经纪鲍经常拒绝别人赊账赌马，以致摇头摇成了习惯。他有一个老婆，那是一个相当老的女人，头发灰白，眼中带着一种哀愁的神色，当任何人想到她和经纪鲍是长期地住在一起时，对于她表情的凄苦是没有人能予以责怪的。

我常看见经纪鲍和他的妻子在各家餐馆里吃饭，因为

① 头寸，指款项，金融界及商业界的术语。

② 孤寒，粤语指吝啬。

他们没有家，是住在旅馆里的，我常听见经纪鲍为了这件事那件事而责骂他的老婆，普通总是为了她叫的菜价钱太贵，所以我断定在钱的方面，经济鲍对他老婆就像对付任何人那样孤寒。事实上，有一天晚上我听见他破口大骂她，因为她戴了一顶新帽子，她说这花了她六元，经纪鲍问道，她这样奢侈浪费，是不是想叫他破产。

经纪鲍为了那帽子而破口大骂，我当然不会怪他不是，因为据我所知，一个女人花六元钱去买一顶帽子，也未免太多了一点。再者，经纪鲍要节制他老婆的胃口，想法也可能是对的，因为我知道本地有许多人，就是由于女人吃东西吃得太多而破产的。

“噢，”我对老马哈莱说，“如果你的债主中有经纪鲍在内，我看见你脑袋上似乎有两只眼睛，就感到大大的惊奇，因为经纪鲍如不至少叫人挖出一只眼睛来放在他那里作抵押而答应别人欠债，那是我从来没有听见过的事。事实上，”我说，“即使他手上有两只表，他也不肯告诉你现在是几点钟，经纪鲍就是那种人。”

“不，”老马哈莱说，“我们并没有欠经纪鲍的钱。但是，”他说，“不久之后他就要欠我们钱了。我们要去绑经纪鲍的票。”

嗯，我听了这消息后大为不安，他们是否要去绑经纪鲍的票，我是毫不在乎，我所不安的，是当经纪鲍被绑走之后，可能有人记起曾看见我和他们在一起谈话。但在老马哈莱、西班牙人约翰、小伊沙多的面前显得我在神经紧张，当然不是一种良好的政策，所以我只这样说：

“哈莱，”我说，“每个人对自己的事总是最清楚，我想你对于所要干的事一定很明白。但是，”我说，“你如绑了经纪鲍，那就是绑到一个硬脚色。事实上，”我说，“我听人说，他全身最软的东西是他的门牙，所以，你把他绑来之后要他付清账目，恐怕是非常困难的。”

“不，”老马哈莱说，“关于这一点不会有麻烦的。我们的线人已经把经纪鲍的弱点告诉了我们，这的确是非常奇怪的。但是，”老马哈莱说，“在你经营绑票业务的时候，你会遇到人类性格中的许多奇怪现象。经纪鲍的弱点是在于他老婆对于他的观感。”

“要知道，”老马哈莱说，“许多年来，经纪鲍一向在他老婆面前充好汉，自称是当地的大亨，势力很大，但他自己当然有自知之明，晓得自己只不过是起码脚色而已。事实上，”老马哈莱说，“经纪鲍以为他老婆是世界上唯一认为他很伟大的人，他宁可牺牲金钱，或者说牺牲一点儿金钱，而不愿让她知道，别人竟如此不尊敬他而绑他的票。那就是所谓心理学。”老马哈莱说。

嗯，我不大相信这番话，我想，老马哈莱真正要用来对付经纪鲍的心理学，是用火柴在他脚底心上上下下，但我不想站在这里和他争辩这件事，所以不久我就很客气地向他们道晚安而松人了，大约有一个月光景，我没有再见到老马哈莱，或西班牙人约翰，或小伊沙多。

同时，我到处听人谈起，经纪鲍失踪了好几天，当他再出现时，他自称在这段时间中生了一场大病，我当然可以推想得到，经纪鲍一定是被老马哈莱、西班牙人约翰和小伊沙多绑了票，而他很可能损失不小。

所以我想，我在马场中一定会遇到老马哈莱、西班牙人约翰和小伊沙多，他们一定在大把钱地赌马，但他们从不出现，我还听说他们已离开了曼哈顿区，回到布洛克林去卖私酒。我当然大为惊奇，因为现在卖私酒的行业很不容易做，而且利润极薄，我本来推想，老马哈莱、西班牙人约翰和小伊沙多从经纪鲍身上捞到一笔之后，应该日子是过得很舒服的。

一天晚上，我在第四十八街好时查理·柏恩斯坦的小酒店里，和查理东拉西扯地闲谈，那时老马哈莱走进来了，他神色忧愁，一点也没有捞起的样子。我自然向他大大地招呼了一番，不久我们就在一块聊天，我问他经纪鲍那笔生意做得怎么样，老马哈莱告诉我下面这些事：

不错（老马哈莱说），我们绑了经纪鲍的票。事实上，就在我们和你谈天之后的第二天晚上，即星期三的晚上，我们就绑了他。我们的线人告诉我们，经纪鲍到了第三十八街附近第十道的一处地方，我们就在那里找到他。

他大约在半夜里坐了他的汽车离开那里，经纪鲍当然是一个人在车中，他难得让别人坐他的车子，因为那会坐旧他汽车中的垫子，小伊沙多把我们的车子拦到了他面前，使他停下来。我走进他车中，对他说，我很欢迎他和我们在一起作一个短时期的聚会，他当然大为吃惊，起初他想争辩，说我一定认错了人，但我把我手枪的枪口给他瞧瞧，他就相信了。

我们把他车子上了锁，把钥匙抛掉，然后把经纪鲍带到我们车中，开到第八路的一个地方，那里我们准备着一间漂亮的小房间。我们到了那里之后，我对经纪鲍说，他可以打电话给任何人，告诉他被绑了票，需要二万五千元现款来了结账目，但我当然通过经纪鲍，他决不能提到他是在什么地方，否则可能会对他有所不利。

嗯，我倒要替经纪鲍说一句好话了，虽然每个人说他不好，但他处理这件事倒很有君子风度，很镇静，就像是做一件生意。

再者，他并没有像许多处在这种状态之下的公民们那样吓得心惊胆战。他马上就承认我们所要的价钱是很合理的，他这样说：

“我可以打电话给和我拍档的山姆少特，”他说，“我想只有他身边会有两万五千元现款。但是，”他说，“各位请原谅我问一个问题，因为我以往还没有过这种经验，我怎么能够相信，你们拿到钱后，一切就没有问题呢?”

“嗯!”我对经纪鲍说，心中可有点不高兴，“本地大家都知道，我的话一句是一句。有两件事我一定要做到的，”我说，“第一是在目下这种事情中严守信用，另外一件事是要付清欠马场经纪的债务，不论在什么情况之下都要照付，因为对于我，这是名誉攸关的事。”

“啊!”经纪鲍说，“当然我不认识你们各位先生，事实上，我记不起是否曾经遇见过你们，虽然和你倒有点儿面熟，但如果你欠了马场经纪的钱肯还，那你是一个有信用的人，是一百万个人中挑出来的。事实上，”经纪鲍说，“如果我在本地的债务都能收得到，那么我随便打一个电话给谁都可以拿到二万五千元。我裤子袋里就会放这样一笔款子当零找之用。”

于是经纪鲍拨了一个电话号码，和那边的人谈了几句话，但他找不到山姆少特，当他把听筒放下来时，似乎十分失望。

“我运气真是不好，”他说，“山姆少特因为有很要紧的事情，在一个钟头之前到大西洋城去了，要到明天晚上才能回来，他们不知道他在大西洋城要住在什么地方。”经纪鲍说，“我想不出还可以找谁去弄钱，而且我更不愿让别人知道我是这样的狼狈。”

“为什么不打电话给你的老婆？”我说，“或许她能够筹到这笔款子。”

“喂，”经纪鲍说，“我难道会给二万五千元给我老婆，或者说会让她知道可以到什么地方去拿属于我的二万五千元，你们以为我是这样一个大傻瓜？我每星期给十元给我老婆作零用，”经纪鲍说，“对于任何女人，这点钱都够用了，尤其你们要注意，她的饭钱是我付的。”

嗯，看来除了等山姆少特回来之外，我们没有其他办法，但我们让经纪鲍打电话给他老婆，因为经纪鲍不愿她为了他的失踪而担心，他撒了一个瞒天大谎，说到泽西城去探望生了病的兄弟艾尔克。

嗯，这大约是清晨四点钟了，我们就叫经纪鲍和小伊沙多在一间房里睡觉，虽然，我个人以为，叫一个人和小伊沙多一起睡觉，那对这个人是一种极为残酷的虐待，西班牙人约翰和我轮流看守，以免经纪鲍没有结清账款就溜之大吉。说老实话，经纪鲍这样爽快地答应，小伊沙多和西班牙人约翰是有相当失望的，因为他们觉得在他脚底心搔痒是一种莫大的愉快。

第二天早晨经纪鲍醒来之后，和我们在一起过得很好，因为他知道许多马场上的旧事和丑史，在吃早饭的时候，他使我们大家发生了兴趣。他和我们谈话时，就像我们是他的老友记，而且显得毫不在乎，但假使我把西班牙人约翰的念头告诉了他，他恐怕不会这样毫不在乎了。

嗯，西班牙人约翰大约中午时候出去，带了一张赛马节目单回来，因为他知道小伊沙多和我喜欢知道在各地的跑马场中在举行什么比赛，虽然，我们并没有任何钱去赌马，也没有任何办法去赌，因为我们所认识的每一个马场经纪，我们都欠了他钱。

经纪鲍对于赛马的节目也极有兴趣，特别注意贝尔蒙跑马地中的赛马，他和我、西班牙人约翰、小伊沙多一起俯身在桌子上看那张单子，西班牙人约翰说话了：

"不得了，"西班牙人约翰说，"这地方第五场中，'老问题'是四赔五，那简直是随街捡钱。这样的比值，我有几块钱来赌他一下就好了。"西班牙人约翰说。

"啊，"经纪鲍很客气地说，"假使你们各位先生想赌这几场马，我愿意替你们经手。我们在等山姆少特，用这方法来消磨时间倒很不错，除非你们喜欢玩牌。"

“但是，”我说，“我们没有钱赌马，至少是没有很多钱。”

“嗯”，经纪鲍说，“你们可以欠账，因为我听见你说，你欠了马场经纪的钱一定还，这使我觉得你是一个有信用的人，另外那两位先生给我的印象，也使我觉得他们是有信用的。”

于是我们就向经纪鲍下注，不但赌贝尔蒙跑马地的，还赌全国各地的赛马，因为当小伊沙多、西班牙人约翰和我一开始赌马，就喜欢大刀阔斧地干。我们喜欢赌哪一场买哪一匹马，就把数目写下来交给经纪鲍，他把这些字条放在里面的衣袋里，到傍晚时，他的胸部就似乎生了一个大瘤。

我们用电话向市中心的马会打听赛马的结果和每一场分款的比数，这非常有趣，小伊沙多、西班牙人约翰、经纪鲍和我很起劲地一直干到跑马完毕为止，经纪鲍于是把那些纸条拿出来计数。

结果，那时我欠经纪鲍一万元，西班牙人约翰欠他六千元，小伊沙多欠他四千元，因为小伊沙多在西部的赛马中赢了几场。

嗯，大约就在那时，经纪鲍用电话设法找到了山姆少特，要他到某处保险箱中去取二万五千元，然后等到半夜，雇一辆的士，在第五十一街五十二街及第八道第九道之间不停地开来开去，直到有人招呼那辆的士而把钱拿去。

山姆少特自然知道经纪鲍是被绑了票，他答应照办，但他说要到第二天晚上才能办妥，因为他知道保险箱中并没有二万五千元，他第二天要到马会中去收款。这样，我们在那房间中又得过一天，西班牙人约翰、小伊沙多和我都很高兴，因为经纪鲍赢了我们的钱，我们当然要想翻本。

哪知第二天糟到不能再糟。我一生赌马，从来没有遇到过这样倒霉的日子，西班牙人约翰和小伊沙多也是输得一塌糊涂。事实上，我们输得如此厉害，以致经纪鲍似乎对我们颇为同情，在计数的时候常让我们占一点便宜，但这并没有什么用。到这天完了，我共输两万元，西班牙人约翰输一万五千元，小伊沙多输一万五千元，我们三人共输五万元。但我们决不是输了钱就垂头丧气的人，小伊沙多到外面一家士多去买了许多好吃的东西回来，我们痛痛快快地吃了一餐，然后围着经纪鲍听他讲故事，甚至一起合唱了几支歌，直到约好去会山姆少特的时间到来。

到了午夜，西班牙人约翰出去会山姆少特，从他那里拿到一个小提包。西班牙人约翰然后回到我们这房间中来，我们打开提包，两万五千元现钞是在那里，没有毛病，我们三一三十一地分了。

于是我对经纪鲍说，他可以自由出去干他的行当了，并且祝他好运气，但经纪鲍以一种非常惊讶非常气愤的神色看我，对我发话了：

“嗯，各位，多谢你们的盛意，但你们欠我的钱怎么办？这笔赌马的账怎样结法？各位，你们欠了马场经纪的钱当真是会清偿的吗？”

嗯，当然我们欠了经纪鲍的钱，那没有错，而且一个人不管怎样当然必须还清欠马场经纪的钱，于是我把分到的那笔款子送出去，他从口袋里摸出一本小本子来，在上面写了几个字。

于是西班牙人约翰和小伊沙多也把他们的钱拿出来，经纪鲍在他那本小本子中又写了几个字。

“现在，”经纪鲍说，“我已在你们的账目中扣去刚才所付的钱，但除去这两万五千元之外，你们三位还欠我两万五千元，我希望你们设法马上结清，因为，”他说，“我不喜欢把欠账拖得太久。”

“但是，”我说，“我们把这两万五千元还给你之后，已没有钱了。”

“你听我说，”经纪鲍说，把声音放得很低，“你们不妨去绑我的合伙人山姆少特，我可以再在这里住几天等候，同时再替各位经手赌马，或许你们还可以翻本。但当然，”经纪鲍低声说，“我替你们做线人，找到山姆少特这客户，百分之二十五的佣金是一定要拿的。”

但西班牙人约翰和小伊沙多对经纪鲍感到十分讨厌，不肯再在这房间里住下去，因为他们遇到了他就要倒霉，在任何情况之下都赢不了他钱。再者，我个人也很想离开，因为经纪鲍的话使我想起了一件事。

这使我想起，除了我们欠他的钱之外，我们忘记把线人应得的佣金六千二百五十元扣出来。这个线人是替我们找到经纪鲍这客户的，这是一件十分严重的事，因为众所周知，如果不把佣金付给线人，那是一件非常不道德的行为。再者，假使传出去说你不把佣金付给线人，那么以后就没有人肯再给你找客户了。

所以（老马哈莱说），我们不干绑票这一行了，因为在债务了结之前，再干下去是不行的，我们回到布洛克林区，尽力设法弄钱来把我们的正当债务还清。

我们分期把欠经纪鲍的钱付清，因为我们不愿被人指摘欠了马场经纪的钱不还，再者，我们把欠线人的六千二百五十元也付清了。

这件事虽然弄得很糟，但我们诚实的努力对某一个人倒颇有好处，这一点是值得一提的，前天晚上，我看见经纪鲍的老婆全身穿了新衣，显得非常快乐。

有人对我说，她所以这样快乐，因为她从一个死在瑞士的叔叔那里承继到一大笔遗产，现在已脱离经纪鲍而独立生活，我只希望（老马哈莱说）有一件事永远不要传出去，那就是这次指点我们去绑经纪鲍的线人，并非别人，而是经纪鲍的老婆。

十二枪将

一天晚上，我坐在百老汇的明戴餐室中高高兴兴地吃匈牙利式胡椒牛肉，明戴餐室中的胡椒牛肉很不差，因为那里的厨师头就有点儿是匈牙利人。这时，进来了一个陌生人，坐在我的桌子旁。

起初我对这家伙毫不注意，因为我正忙于研究劳里马场中明天赛马的节目单，但我听见他对伙计说，也来一个胡椒牛肉。不久，我听见这个家伙在发出一种奇怪的声音来，我从赛马节目单上望过去，看见他在哭。事实上，大颗大颗的泪珠正从他脸上滚到他的胡椒牛肉中去，泪珠滴下去时，发出噼扑噼扑的声音来。

在明戴餐室中看见一个家伙哭泣，那决不是很平常的事，虽然，到那里去吃东西的成千的人常常心中难受得想哭，尤其当在马场中大输了一轮之后，所以我对这家伙发生了兴趣，仔细看他。他是一个身材异常瘦小的人，不过五呎高，体重恐怕等于一毫子的猪肝那么重，他上唇有点胡子，大概像蚊子身上的毛那么粗，他头发作淡黄色，眼中的表情非常愁苦状。

再者，他年纪很轻，穿一套法国芥末色的衣服，上面有斜斜的口袋。他头上歪戴着一顶棕色的帽子。每个人都看得出来，这个家伙并不是这里的人，因为他样子这样愁苦，尤其是他戴这样一顶帽子。

当然，我猜想他的哭泣是为了骗人。事实上，我想这家伙是企图用哭泣来打动我的心，而替他代付匈牙利胡椒牛肉的账，虽然，只要他在进来之前费心向任何人打听一下，他就会知道，要我代他付账，正等于他想以哭泣来打动爱尔·史密斯的心，而把“帝国大厦”让给他一样。

但这家伙没有向我说一句话，只是继续把他的眼泪放到胡椒牛肉里去，终于我对于这种情况好奇心大动，我对他说：

“喂，老友记，”我说，“如果你是为了这盘胡椒牛肉而哭，那么最好在厨师头看见你之前擦干眼泪，因为厨师头对于他的胡椒牛肉向来很自负，或许会认为你的眼泪是一种批评的表示。”

“胡椒牛肉似乎没有什么问题，”那个家伙说，他的声音正和他的身材同样细小。“总之，我不是为了胡椒牛肉而哭泣。我是为了我悲惨的身世而哭。老友，你恋爱过吗?”

嗯，听了这句话后，我知道这家伙是为什么而伤心了。如果百老汇那些家伙们为了爱情而流的泪都给了我，我所有的盐水足可造一个不下于大西洋和太平洋的大洋，剩下的水还可胜过大盐湖。

但我要说明，我个人从未为爱情而流泪，因为我根本没有恋爱过，再者，我将来也不会恋爱，因为我认为恋爱是一种他妈的鬼东西，我就这样对那小家伙说。

“嗯，”他说，“如果你认识了德波拉·慧丝小姐，你对于恋爱就不会这样深恶痛绝了。”

说了这句话后，他越哭越响了，他的悲伤是如此的厉害，以致使我大受感动，我竟也想和他同声一哭，现在我相信这家伙不是在骗人了。

这家伙终于收敛一些哭泣，开始吃他的胡椒牛肉，慢慢地，他似乎高兴一点了，众所周知，任何人不论是如何的悲伤，一吃到明戴餐室的胡椒牛肉，就都会高兴起来。不久这家伙就和我谈话，我知道了他名叫杜比斯·登尼，他家乡是在宾夕法尼亚州布克斯郡的伊拉施墨斯。

我还知道了，伊拉施墨斯并不是一个大城，但那里的生活很愉快，杜比斯·登尼生在那里，在那里长大，虽然他现在二十五岁，但他从来没有到过别的地方。

嗯，杜比斯·登尼在一家鞋店里有一个良好的职位，一切过得很顺利，突然他爱上了一个名叫德波拉·慧丝小姐的女孩子，她爸爸在伊拉施墨斯开一家汽油站，是当地的名流。从杜比斯对我说的话中听来，德波拉·慧丝小姐作弄得他相当厉害，这向我证明，小镇上的女人正和百老汇的女人一模一样。

“她很美丽。”杜比斯·登尼说，他是在谈德波拉·慧丝小姐。“如果没有她，我就活不下去。但是，”他说，“德波拉·慧丝小姐一点也不喜欢我，因为她非常崇拜黑社会中的匪徒，在伊拉施墨斯的模范影院中，她常常在银幕上看到这些匪徒。”

“她问我，”杜比斯·登尼说，“我为什么不能成为一个杀人不眨眼的枪手，到处放枪杀人，摆布政客和警察，充满着英雄气概和罗曼蒂克的神气，就像爱德华罗滨逊、占士格尼，甚至乔治赖夫那样。但当然，”杜比斯说，“我不是那种人。无论如何，温台尔警长也不容许我在伊拉施墨斯做那样的人。”

“所以德波拉·慧丝小姐说我是一个没用的家伙，”杜比斯说，“她就去和一个名叫乔埃·蒂维特的家伙要好，他是开烟店的，但在后房私卖烈酒，他说大亨爱尔·卡彭

（译者按：美国大匪帮头子）曾和他招呼过一次，但我以为他完全是在说谎。”

说到这里，杜比斯·登尼又哭起来了，我的确很代他难受，因为我发觉他是一个很友善而无害于人的小家伙，从来没有被女人作弄的经验，而一个没有被女人作弄经验的家伙，当第一次被女人作弄时，总是觉得非常痛苦的。

“嗯，”我很愤慨地说，“这个德波拉·慧丝小姐说话真傻，因为目前，大匪徒十分之九没有好结果，甚至在电影中也是如此。事实上，”我说，“如果他们在电影中不是得到坏的结果，检查官会不准电影放映。你为什么不在这个名叫蒂维特的家伙鼻子上打一拳，叫他不要多管闲事？”

“嗯，”杜比斯说，“我为什么不在他鼻子上打一拳的原因，在于他先想到了要在别人的鼻子上打一拳，而他所打的鼻子，不是别人的鼻子，正是我的鼻子。再者，”杜比斯说，“他一拳把我的鼻子打出了血，他说，如果我再跟在德波拉·慧丝小姐身边，他就会再打一拳。我因为忙于擦我鼻子上流出来的血，所以没有回手，主要是由于这个原因，德波拉·慧丝小姐就永远不要我了。”

“她说，像我这样懦弱的一个家伙，她绝对不能忍受，”杜比斯说，“但是，我倒要请问，我出生之前几个星期，我妈妈被一只兔子吓了一大跳，因此我一生胆子很小，这难道也要怪我？”

“所以我离开了那里，”杜比斯说，“我从伊拉施墨斯银行里提出我所储蓄的两百元，到了这里纽约，我或许会遇到几位大亨，黑社会中的大天二[1]，和他们结识之后，我就可回到伊拉施墨斯去，在蒂维特面前出一口气。我要请问，你认识几位黑社会中的大天二吗？”

嗯，我当然不认识这种人，即使我认识，我也不会说，因为一个家伙在这里乱说这种事情，最好的报酬就是屁股上挨人重重踢他妈的一脚。所以我没有告诉杜比斯·登尼。我对他说，我在这里的人头也不熟；于是他问我，我是否可以带他到一间杀气腾腾的酒排去，就像电影中常看见的那种酒排。

我当然不知道那种酒排，但我想到了四十七街上好时查理的金哈餐室，我上次在那里的时候，他生意不大好，我想或许可以给他介绍一笔生意，因为无论如何，在目下这种时势，一个袋里有两尺水[2]的家伙总不是随随便便的人。

所以我就带杜比斯·登尼到好时查理的餐室去，但我们一进去，我马上就懊悔起来了，因为里面有十二个从城

---

① 大天二，广东话，土匪恶霸头子。

② 袋里有两尺水，旧时粤语说法，指口袋里有点钱。

里各处来的人物，其中没有一个是好惹的。有几个人，如老马哈莱、黄牛安奇，是布洛克林区的人；有三个是哈莱姆区的人，其中包括小米兹和德国佬舒华兹；有好几个则是勃朗克斯区的人，因为我认识乔埃·乌普顿，而乔埃如果不带几个本区的亲信，是决不随便出来的。

后来我听人说起，这些人刚在好时查理的餐室附近一个地方讨论业务，业务谈完后，大家来照顾查理一点生意，因为查理在本地很有人缘。不管怎样，当杜比斯·登尼和我到达时，他们都坐在一张桌子旁，我向每个人招呼了一下，他们也向我招呼，请我和我的朋友坐下来，看样子他们心情很愉快，非常好客。

我当然坐了下来，因为拒绝这种人的邀请决不是一种好政策，我示意杜比斯也坐下来，我把杜比斯介绍给大家，大家喝了几杯后，我向大伙儿说明杜比斯是什么人，他的爱人怎样作弄他，乔埃·蒂维特怎样在他鼻子打了一拳。

嗯，杜比斯又哭起来了，因为凡是没有经验的家伙，喝了两杯好时查理的酒后，没有一个不会哭起来的，即使喝的是所谓上等酒也不能例外，大伙儿马上对杜比斯非常同情，尤其是小米兹，他自己正在被一个女人摆布得不可开交。事实上，小米兹也和他一同哭起来了。

"啊，"乔埃·乌普顿说，"我从来没有听见过这样不讲理的事，虽然，蒂维特打你一拳而你不还手，我觉得你也有点不对。但就是这样吧，"乔埃说，"如果我有时间，我会和你同到你所说的那个地方去，给点苦头给那家伙吃吃。此外，"他说，"我还要教训教训这个德波拉·慧丝小姐。"

于是我告诉他们，杜比斯·登尼到纽约来是想会见几位黑社会中的大亨，他们听了后都很感到兴趣，黄牛安奇说：

"我想我们可以找一个认识这种人的家伙来，设法使登尼先生和他们会会面，虽然就我个人而言，"安奇说，"我是很讨厌也很瞧不起这种人的。"

嗯，当安奇正在这样想时，前门有人重重地敲门，这种敲门的声音只有警察才敲得出来，桌边每个人都跳了起来。好时查理走到门边，在孔中悄悄一望，我们听见一个粗糙而响亮的声音说：

"开门，查理，"那个声音说，"我们要查看一下你的客人，还有一件事，"那个声音说，"告诉他们不必想从后门溜走，那边也有我们的人。"

"这是哈里根队长和他的手下人。"查理回到桌边来说，我们都站着。"一定有线报通知他，说你们在这里。

嗯，”查理说，“身边有枪的人可以想法子藏起来了。”

听了这话后，乔埃·乌普顿走到杜比斯·登尼身边，交给他一支大手枪，对杜比斯说：

“放在你身上，坐着不要作声，只要你自管自，警察不会来打扰你的，如果我们身上被发现有枪，那就不得了，尤其是那些还欠着国家几年刑的人，我似乎记得我自己就欠着几年。”

乔埃所说的话当然非常对，因为他是假释出狱的，这些人中有好几个也是假释出狱的，而一个假释出狱的家伙如果被抓到时发觉他身上带着手枪，那是一件极其严重的事。

嗯，杜比斯·登尼喝了好时查理的两杯酒后，有点晕头晕脑了，他对于事情的真相恐怕有点儿莫名其妙，所以他就接过乔埃的手枪来放在他裤子袋里。于是突然之间，老马哈莱、黄牛安奇、小米兹以及其他所有的人都走到他身边，把手枪交给他，在好时查理打开门让警察进来之前，杜比斯·登尼总算设法把这些手枪藏在身上各处而坐了下来。

那时，乔埃·乌普顿以及其他的人已散坐在屋中各处的桌子边，每张桌上的人不超过三个，起先大伙儿围坐的桌边只剩下了杜比斯·登尼和我两人。再者，每个人都作确实非常清白状，每个人看见警察闯进来时都作异常惊讶状，这些警察是哈里根队长手下百老汇警队中的人，很年轻，很凶狠。

我认识哈里根，他手下的人我大部分也认识，他们都知道我是一个无害于人的家伙，其无害于人的程度正等于一个两岁大的婴儿，所以他们对于我丝毫不加注意，对杜比斯·登尼也没注意，他们叫乔埃·乌普顿、黄牛安奇以及其他所有的人站起来，搜查他们身上有没有手枪，因为警察碰到这些人物时，常发现他们身上带着手枪。

警察当然一支手枪也找不到，因为所有的手枪都放在杜比斯·登尼身上了，任何一个警察只要向杜比斯·登尼看一眼，就决不会去搜他的身，尤其是在这个时候，因为杜比斯喝了好时查理的酒后，变得迷迷糊糊了，对于四周的事一点也不发生兴趣。事实上，杜比斯是坐在椅子里打瞌睡。

警察们一支手枪也找不到当然非常不高兴，而且黄牛安奇和乔埃·乌普顿在对警察说，他们要去见他们的议员，要问是否可以随随便便地搜查守法公民，但警察们对于这种威胁似乎并不放在心上。哈里根队长说：

“嗯，”他说，“我或许得到了一个错误的情报，但我可以用一千元和你们的两仙来打赌，你们逃出我的手不过是运气不坏而已。”

对于这种人讲这些话当然是不适宜的，因为这些人都是纽约城中各区的大亨，但哈里根队长说话向来随随便便。事实上，哈里根队长是一个很凶的警察。

但当他正要率领警队走出酒排时，杜比斯·登尼在椅子中打瞌睡打得俯身到太外面了一点，突然之间跌倒在地板上，五支大手枪从他袋中落出来滚在各处，此后的事是众所周知的，杜比斯·登尼被捕了，每个警察都抓住了他身体的一部分。

嗯，第二天，各报竞载抓到了一个称为“十二枪将登尼”的家伙，报上说，据警方宣布，这个家伙无疑是全世界有史以来最凶猛的人，因为他们听见有“双枪将”，甚至有“三枪将”，但身上带十二支枪走来走去的人却从来没有听见过。

警方说，从“十二枪将登尼”的举止看来，就可知道他是一个杀人不眨眼的脚色，因为他一句话也不说，眼中射出钢铁一般的眼色来凝视他们，其实，杜比斯所以凝视他们，只因为他弄得莫名其妙，一句话也说不出来了。

我当然以为杜比斯清醒过来之后，他会把一切解释清楚，当他被捕时身在好时查理的酒店中的人也都这样以为，所以大家都暂时躲了起来。但当杜比斯神志清醒过来时，他已受到别人大大的注意，他自觉得意非凡，决定尽可能地充作“十二枪将登尼”充下去，对于各有关人物，他这决定是极其不坏的。

杜比斯受审的那天，我到法官拉斯科佛的法庭去旁听，杜比斯被控违犯了“苏利凡法”，这法案规定不得乱携枪械，法庭中旁听的人非常拥挤，大家都想来瞧瞧这个身带十二支手枪的厉害家伙，旁听者中有许多女人，互相挤来挤去地抢位子，其中有些女人相当的靓。“十二枪将登尼”进来了，他左边有警察，右边也有警察，前面有警察，后面也有警察，大家都用手铐与登尼锁在一起，他进来时摄影记者就大拍其照。

但当大家看见杜比斯是这样矮小的一个人时，都非常惊奇，而且相当失望，法官拉斯科佛向他望了一眼，于是戴上了眼镜再仔细看他，似乎不相信他第一眼看见的景象。法官拉斯科佛戴起眼镜来看了一会杜比斯，不断摇头，似乎大惑不解，于是对哈里根队长说：

“你是否要告知本庭，这里这个矮子就是那凶猛的十二枪将登尼?”

“嗯，”哈里根队长说，“这一点毫无怀疑之余地。”法官拉斯科佛要知道杜比斯如何携带这许多手枪，枪放在什么地方，哈里根队长就在法庭上的警察们身上拿拢来十二支手枪，取出了其中的子弹，尽可能地回想他们抓到杜比斯时他身上手枪放置的位置，然后一支一支地把手枪放到他身上去，而杜比斯则很友好地从旁略加协助。

在杜比斯外衣两边的口袋中，哈里根队长各放两支，在他臀部的袋里各放一支，在他裤腰里插一支，裤子两边的袋中各放一支，在杜比斯两只袖管里各放一支，在杜比斯外衣内面的袋里放一支。于是哈里根队长对法庭说，他放完了，他在好时查理的酒店中抓到杜比斯时，他身上的枪就是这样放的，拉斯科佛就对杜比斯说话了。

“走过来一点，”法官拉斯科佛说，“我要仔细看看你是怎样一个坏家伙。”

嗯，杜比斯向前走了一步，他面朝地的直跌下去，于是我知道了，他在好时查理的酒店里所以摔交，并不是由于喝了查理的酒。这个小家伙身上放的手枪太多，支持不住了。

当他跌下去时，引起了一阵混乱，一个肥女从人群中带哭带喊地奔出来，走到杜比斯身边，跪在地上，警察要拉她也拉不住，她说：

“杜比，大令[①]，”她说，“我是德波拉，我非常非常爱

① 大令，英文 darling，意为“亲爱的”。

你，我知道你会成为最伟大的大亨。你瞧我，杜比，”她说，“告诉我，你也爱我。昨晚我们在伊拉施墨斯看到了纽约的报纸，才知道你是这样一个大英雄，我就拼命赶来。吻我，杜比。”于是杜比斯撑起一个手肘，吻了一点儿，样子很不差，虽然警察们对于这种事情显得很不耐烦而在拉开他们。

法官拉斯科佛从眼镜中把一切事情看得清清楚楚，他不是傻瓜，他当然知道警察说杜比斯·登尼是一个凶猛的家伙，其中必定有毛病，尤其当他看见杜比斯身上带了这些枪连步子也迈不出去。

所以当警察把那个肥女拉开，同时在杜比斯身上拿掉几磅手枪使他站得起来之后，法官拉斯科佛就宣布退庭，叫杜比斯到他房里私下谈话，大概杜比斯对他说了实话，因为众所周知，杜比斯马上就很自由地在街上散步了，只是那个肥女紧紧地勾着他的手臂，所以要说十分自由，恐怕也不见得。

嗯，故事是完了，只是当杜比斯被捕时在好时查理酒店中那些大亨们，互相之间非常冒火，因为他们在到查理酒店之前所开的会，本来约定是一个友好的会，为表示对别人信任起见各不带枪，然而事实证明没有一个人信任别人，所以大家都很愤慨。

我一直没有听到杜比斯·登尼的消息，直到几个月后，乔埃·乌普顿与小米兹到宾夕法尼亚州视察贩私酒的业务，到了伊拉施墨斯的附近，他们决定去看看杜比斯·登尼怎么样了。

嗯，杜比斯和德波拉·慧丝小姐结了婚，过着很好的生活，当地市民选他当警官，因为他们觉得，杜比斯·登尼“十二枪将”的威名远震，如果当了警官，歹徒一定不敢走近伊拉施墨斯，杜比斯当警官后第一件公务就是把情敌乔埃·蒂维特驱逐出境。

但在百老汇，一般人都认为杜比斯·登尼忘恩负义，因为他把乔埃·乌普顿和小米兹关了起来，为了他们私携枪械而罚了他们每人五十大元。

圣诞老人

从前，有一次圣诞节，事实上那是圣诞夜，我在纽约西四十七街好时查理的秘密小酒店里和他喝上几杯“热汤姆吉廉斯”鸡尾酒，祝他圣诞快乐。

这种“热汤姆吉廉斯”鸡尾酒是一种老式的饮料，有一度美国每个人都喝这种酒来庆祝圣诞。事实上，它是非常的流行，以致有许多人以为，人们所以发明圣诞节，目的是为了可以有一个喝“热汤姆吉廉斯”鸡尾酒的借口。当然，这是全然不确的。

但每个人都可以告诉你，没有一样东西能像“热汤姆吉廉斯”酒那样使人感到一种真正的节日情调。我听人说，自从“热汤姆吉廉斯”酒在美国不流行以来，节日的情调，就大不如前了。

“热汤姆吉廉斯”所以不流行，因为要做这种饮料，必须要用甜酒等等之类的酒，而当时美国是禁酒的。当甜酒成为非法之后，“汤姆吉廉斯”当然也违法了，那时候，在美国是很难得到甜酒的。

有许多人一度曾想不放甜酒而做“汤姆吉廉斯”，然而它决没有从前那种节日的情调，所以几乎每一个人最后都气愤愤地放弃了。这并不奇怪，因为调配“汤姆吉廉斯”并不是一件儿戏的事。事实上，只有专家才能调配这种酒，当“汤姆吉廉斯”酒还没有成为非法的时候，调配这种酒的好手总能得到极高的薪水和许多朋友。

好时查理和我所喝的“汤姆吉廉斯”中，当然没有甜酒，因为我们不愿做任何非法的事。我们放的是裸麦威士忌，那是好时查理用一张医生的药方到药房里去买来的，因为我们自己在喝“汤姆吉廉斯”，我们当然不会傻到在其中放好时查理的麦酒，那些酒极差，是卖给顾客喝的。

这张药方是摩格斯医生开的，他开这张药方给好时查理医风湿症，以备查理将来生风湿症时可以应用。摩格斯医生说，要医治风湿症，最好是用裸麦威士忌，尤其是配成“汤姆吉廉斯”鸡尾酒之后效力更好。事实上，摩格斯医生也过来了，和我们一起喝几杯“热汤姆吉廉斯”酒，以医治他自己的风湿症。

他是下午来的，好时查理和我上午就开始调配这种酒，以备一直可以用到圣诞节。到下午六点钟时，我们的

“节日情调”已高涨到了百分之百的程度。

嗯，好时查理和我一面喝“汤姆吉廉斯”，一面互相祝贺圣诞。我正在设法记忆一首关于圣诞夜的诗，我想好时查理对这首诗一定会极感兴趣。突然，前门外有人在重重地打门。

查理开了门，进来的并非别人，乃舞迷邓是也，他背下挟着一个大包裹。

这个舞迷邓是一个很漂亮的年轻人，他衣服总是穿得很讲究。他所以称为舞迷邓，因为他老是在夜总会或其他有舞跳的地方和女人们跳舞。事实上，他除了跳舞之外似乎根本不做什么事，虽然我听到一种谣言，说他在不跳舞的时候，就干一种极为非法的行业。但在纽约，你总会听到关于每个人的谣言，就我个人而论，我相当喜欢舞迷邓，因为他总是精神勃勃，一副乐天派的模样。

纽约每个人都会告诉你，舞迷邓这个人不坏，虽然，我经常怀疑，他为什么要和奥尼尔小姐跳舞跳得这样多。我以为他的判断力颇成问题，奥尼尔小姐是在“半月夜总会”中做事的。我为什么要怀疑他的判断力呢？因为每个人都知道，奥尼尔小姐是许米兹所中意的人，而凡是与许米兹所中意的女人跳舞跳到一只半以上时，许米兹对这种人就不会客气了。

这个许米兹是纽约哈莱姆区中很有势力的人，他做啤酒生意做得很大，同时还干另外的行业，我可以毫不怀疑地告诉你，许米兹打破你的脑袋正如他看你一眼那样容易。事实上，我听人说他打破你的脑袋还更容易些。不管怎样，他总不是一个好欺的家伙，有许多公民费心去劝告舞迷邓说，他和奥尼尔小姐跳舞，非但不合体统，而且使他自己的价值大为降低，降到了根本没有价值的地步。

但舞迷邓只哈哈一笑，还是一有机会就去和奥尼尔小姐跳舞。好时查理说，对于这点他倒不愿深责，因为奥尼尔小姐的确非常漂亮，如果他自己再年轻五岁，如果他还能像从前与巴台等人一起干行当时那样迅速地拔枪出手，他也会不顾一切地去和她跳舞的。

嗯，不管怎样，舞迷邓进来时向房中迅速地瞥了一眼，然后把他所带的包裹在角落里一放，这包裹落地时发出砰然的响声，似乎其中有什么沉重的东西，然后他走到酒柜边查理和我的身旁来，问我们在喝什么东西。

我们当然向他把热汤姆吉廉斯鸡尾酒大捧一气，他说要和我们共干一杯，干了一杯之后，舞迷邓说他要再干一杯，还祝我们圣诞快乐。大家都知道，两个钟头之后，我们还在和舞迷邓大喝热汤姆吉廉斯酒，舞迷邓说，他一生中从未喝过如此精彩的东西。事实上，舞迷邓说，他要向他所认识的每一个人推荐汤姆吉廉斯酒，但是他不知道到底哪一个人有资格喝这种酒，或许奥尼尔小姐有资格，但是她决不喝任何放药房出售的麦酒的东西。

嗯，当我们在喝这热汤姆吉廉斯鸡尾酒时，有好几次有顾客到好时查理的秘密小酒店来打门，但那时好时查理怕他们也想喝汤姆吉廉斯酒，而事实上我们自己喝恐怕还不够，于是他挂出了一块牌子，上面写道“圣诞期间，暂停营业”。他只放进来一个人，那是一个名叫奥凯的老傻瓜，他整日装扮成一个圣诞老人的模样走来走去，身上挂了牌子，给第六街的李文斯基服装店做广告。

当查理放他进来时，这个奥凯还穿着圣诞老人的服装。查理为什么让他进来呢，因为奥凯在不替李文斯基服装店做广告时，他就给查理打杂差，例如扫地、擦窗之类。

嗯，奥凯进来时大约是九点半，他因为背了招牌这里那里走来走去，所以脚走得很痛，人也疲倦异常。凡是装成圣诞老人模样而给李文斯基服装店宣传的人，是决不可偷懒的。事实上，奥凯是如此的疲乏，他的脚又痛得如此厉害，以致舞迷邓、好时查理和我对他都极表同情，邀他来和我们一同喝上几杯热汤姆吉廉斯鸡尾酒，并且还向他说了许多“圣诞快乐”。

但老奥凯的酒量甚差，大约喝了五杯之后，他就蜷缩在椅子中呼呼入睡了。他的圣诞老人装束相当漂亮，一套美丽的镶白边的红衣，假发，假鼻子，长长的白胡子，背上背了一个大袋，里面装满了干木屑，因为我知道圣诞老人决不会如此大声打鼾，打得把窗子也震动，否则的话，我一定以为奥凯就是圣诞老人了。

嗯，我们都忘记了奥凯，让他去睡，我们还是喝我们的热汤姆吉廉斯酒，同时，我们还大动脑筋，要想出几支适宜于圣诞情调的歌来。终于，舞迷邓用漂亮的男中音唱了一支《我爸爸的饭盒子》，声音极响，我用第一流的声调唱：“你在五月里爱我，在十二月里也爱我吗？”好时查理是犹太人，他在这种情况之下用犹太话唱了一首赞美诗，我个人总觉得稍稍有些不合格局，为了这件事我们还争辩了几句。

我们大唱其歌的时候，有许多顾客来敲门，他们看到了查理写的牌子，似乎使他们很不高兴，有些人站在外面大声说这是一种暴行。查理把头伸到门外去，说，如果他们不马上松人而在此继续骚扰安分良民的生活，他就要打破他们的鼻子。

这些顾客当然走了，因为他们希望保重自己的鼻子。舞迷邓、查理和我继续喝热汤姆吉廉斯酒，每喝一杯，我们就互祝圣诞快乐，有时还互祝新年快乐，虽然，这对于好时查理有些不太合适，因为犹太人的新年与舞迷邓和我的新年是不同的。

不久之后，我们去摇那穿圣诞老人服装的奥凯醒来，再请他喝热汤姆吉廉斯酒。并祝他圣诞快乐，但奥凯反而不高兴地骂我们，我们发觉，他身体之内没有适当的节日情调，就不再去打扰他了。到半夜时分，舞迷邓忽发奇想，他想穿穿圣诞老人的服装看。

于是好时查理和我就帮助舞迷邓把奥凯的衣服脱下来，穿到舞迷邓的身上去，因为奥凯在圣诞老人的服装之下还穿着普通衣服，我们把他圣诞老人的衣服脱下去时，他甚至没有醒来。

嗯，我要说明，我一生见过不少圣诞老人，但从未见过比舞迷邓更漂亮的圣诞老人，尤其当他整整齐齐地戴上假发与白胡子之后，我们用一个沙发上的垫子塞在他裤子里，使他有一个肥肥的大肚子，凡圣诞老人都是那样的，这个垫子本来是查理放在店里给猫儿睡觉的。

事实上，舞迷邓在镜子中端相了自己一会儿之后，对于自己的相貌大为高兴，而好时查理实际上到了激动异常的程度，虽然就我个人而论，我很不满意查理对圣诞老人及圣诞如此发生兴趣，因为他是犹太人，对于这个节日是完全没有关系的。但后来我想起，这些热汤姆吉廉斯酒是查理请我喝的，于是我对他才有了多一点儿的容忍。

“嗯，”查理终于说，“不幸得很，我们不知道什么地方有袜子挂着，如果我们知道，”他说，“你就可以去把东西塞到袜子里去，因为我听人说，圣诞老人的主要任务就是做这件事。但是，”查理说，“我想这一区中恐怕没有人会有袜子挂起来，即使他们有袜子吧，”他说，“那袜子一定是破洞多得不得了，不能盛什么东西。无论如何，”查理说，“就算有什么袜子挂着，我们也没有东西可以放在里面，虽然就我个人而论，”他说，“我很愿意报效几瓶威士忌酒。”

嗯，我指出来，我们没有鹿，如果一个圣诞老人没有鹿而走出去，他的模样一定会像一个大傻瓜，但查理的话似乎使舞迷邓想到了一件事，因为他突然说：

“啊，”舞迷邓说，“我知道什么地方有袜子挂着，那是在西四十九街奥尼尔小姐的屋中。挂这袜子的是奥尼尔小姐的老祖母，”舞迷邓说。“她有九十多岁了，”他说，“奥尼尔小姐对我说，她没有多久好活了，脾气很怪，有时很有点儿孩子气。”

“不错，”舞迷邓说，“我记起了就在那天晚上，奥尼尔小姐告诉我，她祖母在圣诞夜一定把袜子挂起来，终生都是这样，那个老太太相信圣诞老人终于会在某一个圣诞节时到临而在袜子中塞满美丽的礼物。”

舞迷邓说：“奥尼尔小姐对我说，圣诞老人从来没有送过她祖母礼物，虽然，奥尼尔小姐总是自己带一些礼物回家去塞在袜子里，使她老祖母心中快活快活。”

“但是，”舞迷邓说，“这些礼物当然并不精彩，因为奥尼尔小姐很穷，而且为人很好，洁身自爱，她决不会向任何人拿一个毫子，如有人说她会拿，我一定要打这家伙的耳光，虽然，”舞迷邓说，“在我、许米兹以及其他许多家伙身上，奥尼尔小姐只要肯要，是可以拿到许多许多钱的，但她不拿。”

嗯，舞迷邓关于奥尼尔小姐所说的话是完全对的，事实上，百老汇的人们就常谈论这件事，因为奥尼尔小姐在“新月夜总会”做事，每星期的薪水只有二十元。众所周知，对于像奥尼尔小姐那样美丽的一个女人，这点儿薪水实在是太少了。

“事情是这样的，”舞迷邓说，“奥尼尔小姐的老祖母在圣诞节早晨不论拿到什么礼物，她总是非常高兴，她没有懂得，圣诞老人为什么老是那样小气，”他说，“奥尼尔小姐对我说，她只希望在她祖母瓜直之前，送给她一件真正的大礼物。”

“所以，”舞迷邓说，“我们有一件任务。奥尼尔小姐和她祖母两人住在西四十九街，”他说，“在这时候，奥尼尔小姐一定是在夜总会做事，而她老祖母一定睡熟了，我们可以溜到那边去，圣诞老人就在她袜子中塞满美丽的礼物。”

嗯，我说，夜已这样深，我们到哪里去买美丽的礼物呢，所有的商店都关门了，除非我们冲到一间整夜开门的药房去，买几瓶香水和一套化妆用具，有许多家伙常常玩得昏天黑地，到圣诞夜深夜才想起他们的妻子来，就常常这样办。但舞迷邓说，这一点不必放在心上，我们先喝几杯汤姆吉廉斯鸡尾酒再说。

我们于是再喝了几杯汤姆吉廉斯酒，舞迷邓然后拿起他放在屋角里的那个包裹，把奥凯的圣诞老人背包中的木屑拿了许多出来，把他自己的包裹放进去，好时查理把房中的电灯都关熄了，只留下一盏灯亮着，在奥凯面前的桌上放一瓶威士忌作圣诞礼物，我们就出去了。

就我个人而论，要我离开那些热汤姆吉廉斯很是遗憾，但想到要去帮助舞迷邓演圣诞老人，又感到极为兴奋，至于好时查理更是大喜若狂，因为在他一生中，他从来没有玩过这一类的节日把戏。事实上，我们在好几个地方停下来喝上几杯，敬祝圣诞老人健康，我们引起了人们的极大注意，每个人看到查理与我和圣诞老人在一起都很惊讶，尤其是看到查理，虽然，没有一个人认出舞迷邓来。

我们去的那些地方当然没有热汤姆吉廉斯鸡尾酒，我们只好有什么喝什么，我自己相信，我后来所以头痛得如此厉害，那是因为我们在这些地方所喝的酒，与我以前所喝的汤姆吉廉斯酒在我身体内混合起来了的缘故。

我们走上了百老汇道，向西四十九街走去，查理和我遇到了许多我们所相识的公民，向他们大大地“哈啰”了一番，同时祝他们圣诞快乐。这些公民中有些人和圣诞老人握手，不知道他就是舞迷邓。虽然，我后来知道了，那些公民们颇有闲话，因为他们说，像我们这个圣诞老人那样酒气冲天，未免有点越出常规。

在路上我们还遇到一件颇为狼狈的事，有一群跟着父母参加圣诞晚会而回家的孩子们，围住了圣诞老人，嘻嘻哈哈地吵闹，有几个孩子想爬上圣诞老人的腿去。圣诞老人当然有点讨厌，就骂了他们几句，那些孩子们的大人中有一个人过来了，问圣诞老人为什么讲这些粗话，圣诞老人就向他猛击一拳，这当然使那些小孩子们大为吃惊，他们总以为圣诞老人是一个非常慈祥的老家伙。但他们当然不知道，舞迷邓在各处喝了许多酒，这些酒在他身体内与他以前喝的汤姆吉廉斯鸡尾酒混合而成为一种新的鸡尾酒，如果他们知道了这件事，他们就会了解，甚至圣诞老人也是会大发脾气的。

嗯，最后我们到了舞迷邓所说奥尼尔小姐和祖母所住的地方，那是离爱迪逊方场花园不远的一种分租给许多人家合住的房子，再者，这房子没有电梯，那时，除了大厅中有一盏煤气灯外，整幢房屋中的灯都熄了，我们靠了煤气灯的光看信箱上的名字，在这一类房子的厅中，一定是有信箱的，我们看到了，奥尼尔小姐和她祖母是住在五楼。

五楼就是顶楼，我很不愿爬五层楼梯，想叫舞迷邓和查理两人上去，但舞迷邓坚持说，一定要三个人一起上去，我终于同意了，因为查理甚至在开始说，我们应当爬上屋顶去，让圣诞老人从一个烟囱里爬下来，查理说话声音很响，我怕他会把人吵醒。

于是我们爬上楼去，最后到了顶楼。在一扇门上看到有一张卡片，上面写着“奥尼尔”，我们知道到了终点了。舞迷邓转一下门的把手，门应转而开，这里面有两三间房间，没有什么家具，就是有，也是简陋得可怜。一间房里有一张床，床边点着一盏煤气灯，我们从灯光中看到床上睡着一个极老的老婆婆，我们断定，此人非别，乃奥尼尔小姐之祖母是也。

她脸露微笑，似乎正在梦到一件非常愉快的事情。

在床头的一张椅子上，挂着一只黑长袜，这只袜子上补钉很多，奥尼尔小姐对舞迷邓说，她祖母要挂一只袜子，这件事我本来不大相信，现在一看，才知道果然是事实。

嗯，我看了那个老婆婆一眼之后，马上就想松人，尤其好时查理在房中走来走去，想找一个烟囱，好让圣诞老人从其中下来，他踢倒了许多东西，但舞迷邓站在那里看那老婆婆，看了很久。

最后他解下背上的包来，拿出他那一包东西，打开来，突然，出现了一大批钻石手镯、钻石戒指、钻石胸针、钻石项圈，以及其他各种各样我叫不出名字的钻石饰物，舞迷邓和我开始把这些钻石饰物塞到那袜子里去，好时查理也过来帮忙。

钻石饰物很多，把袜子塞满了，一直放到袜口，而那只袜子是并不小的，我断定，这位老婆婆年轻时大腿一定很粗。事实上，钻石饰物非常多，在我们把袜子塞满之后，在椅子上还留了很大的一堆，顶上放了一只镶嵌钻石的美丽的饰物箱，我们想，当老婆婆一醒来时就会看到那只盒子。

直到我们到了新鲜的空气中之后，我才突然想起，时报上有头条大字标题，说“处女里”一个最大的钻石商坐在他商号中时被劫价值五十万元的饰物，我又记起了，我以前曾听到谣言说，舞迷邓是全世界最厉害的独脚大盗之一。

我当然要想一下，我和舞迷邓在一起是否合适，即使他是一个圣诞老人。于是我就急速回家上床睡觉，让舞迷邓和好时查理在街角中争辩是否要到什么地方去再找些礼物，再找些袜子来塞满。

第二天，我发觉我有了一个我不愿去转动的头，事实上，在两个星期之中，我的头根本不能转动。

后来的一个晚上，我到好时查理的秘密小酒店里去，问他事情到底如何。

“嗯，”查理说，“发生了许多事情，就我个人而论，我这许多时候没有看见你，大为惊奇。你知道，奥尼尔小姐的祖母是在圣诞节之后两天瓜直的。”好时查理说，“而且，”他说，“奥尼尔小姐说，摩格斯医生认为，她至少是迟死了一天，她所以多支持了一天，”查理说，“因为她在圣诞节早晨看到她袜子中塞满了美丽的礼物，所以快乐得不得了。”

“据奥尼尔小姐说，”查理说，“她祖母死时，绝对相信世界上是有圣诞老人的，虽然，”他说，“奥尼尔小姐当然没有告诉她，这个礼物的真正所有人是一个名叫谢比洛的家伙。奥尼尔小姐发现了这些饰物后，就通知谢比洛，他同意让她祖母保存几天。”

查理说：“这个谢比洛的良心似乎还不坏，摩格斯医生说，如果这批钻石饰物让奥尼尔小姐的老祖母暂时保存，她就可以多活几天，谢比洛答应了。”

“所以，”查理说，“一切都很好，警方以为那个抢了谢比洛钻石的人突然良心发现，就把赃物随便在那里一放，奥尼尔小姐因为找到了这批钻石，同时归还了原主，所以得到了一万元赏金，”查理说，“听说舞迷邓现在是在旧金山，他要改邪归正，做跳舞教师，以便和奥尼尔小姐结婚，”他说，“我们当然希望她对舞迷邓以前的生涯永远不会知道，我相信事实上她也是不会知道的。”

嗯，这是一年之后的一个圣诞夜，我遇到了一个名叫短枪山姆的人。他是许米兹的手下人，的的确确是一个极为恶劣的家伙。

“啊，啊，啊，”短枪说，“去年圣诞夜我也见到你的，你从好时查理的酒店里出来！”他说，“你那时醉得一塌糊涂。”

“嗯，短枪，”我说，“你对我有了一种错误的印象，我是很遗憾，事实是这样的，”我说，“那一天我只是有点头晕而已。”

“好吧，我并不在乎，”短枪说，“那时有人来通知我，说那天晚上舞迷邓是在查理的酒店里，于是我就和笑面虎莫基、神枪手贾克守在酒店外面，”他说，“因为舞迷邓那时和许米兹所中意的一个女人纠缠不清，虽然，”短枪说，“现在没有什么关系了，许米兹看上了另外的女人。”

“不知怎样，”他说，“我们没有看到舞迷邓。我们从那天晚上六点半钟一直等到圣诞节早晨，除了那穿圣诞老人服装的老奥凯之外，没有一个人进酒店去，”短枪说，“除了你和查理及奥凯之外，也没有一个人出来。”

“嗯，”短枪说，“舞迷邓那天的运气真好，他没有在好时查理的酒店中走进走出，因为，”他说，“我们正带了很好的手枪，等在对街的二楼，许米兹向我们下了命令，无论如何要干掉他。”

“嗯，短枪，”我说，“祝你圣诞快乐。”

“嗯，好好，”短枪说，“祝你圣诞快乐。”

柠檬少爷

我要讲的事大约是在四五年前，一个秋天的下午，那是在萨拉托加跑马地，这是在纽约州的一块地方，样子挺漂亮，还有一个青年，名叫柠檬少爷。他所以名叫柠檬少爷，因为他外衣袋中老是放了一小包柠檬糖，而他老是在嚼柠檬糖，柠檬糖是许多人都喜欢的东西，虽然就我个人而言，我还是比较喜欢香口胶。

我讲的那一天，柠檬少爷正在找生意，他的生意有点不大妙，因为柠檬少爷的生意是卖贴士[①]给别人，而他极难发现有哪一位老友记愿意听他的贴士。

当然，如果一个人的生意是卖贴士给别人，而找不到什么人来听他的，他就会大大的糟糕，因为这种人所说的贴士，总是一套在某一场赛马中有什么什么内幕等等，他

① 贴士，即英文 tips，指内幕消息、提示信息。

的目标是要使听他贴士的那位老友记在这一场赛马中买马票，如果结果正如他所说，这位老友记当然很感谢他，可能会大大地给他一些好处。

再者，这位老友记总得要听听贴士，而像柠檬少爷这种人，靠卖贴士吃饭，只要赛马不结束，他总有话来讲，而且他讲的话通常很长，有时说得很有兴趣，很有娱乐性，那就要看谁在听而定，大家都知道，没有人比柠檬少爷讲得更动听了。

但是老杜海和他手下的侦探却大大地反对那些跑来跑去卖贴士的人，宣称这种人不过是契弟[①]而已，他们特别反对柠檬少爷，因为他的话讲得如此动听，会使公众减少对赛马的信心。所以他们紧紧钉在柠檬少爷后面，看他是否揾[②]到了哪一位老友记的耳朵而开始卖贴士。终于柠檬少爷愤愤不平，走向马场的终点去。

他一面走，一面从袋里摸柠檬糖吃，他在想，如果他过去十年中搞点什么正当的行业，而不是溜来溜去地卖贴士，那有多好，虽然，柠檬少爷也想不出除了跑马地混混之外，他离开泽西城的孤儿院后有什么正当的行业可干。

在这故事开始时，柠檬少爷大约廿四岁，他身材很

① 契弟，广东话，骂人的用语，相当于“混蛋”。

② 揾，广东话，找的意思。

小，声音低沉，这使他在卖贴士时显得异常机密的样子，他始终是孤身一人。事实上，自从他开始卖贴士以来，柠檬少爷从来就没有过一个同伴，虽然他决不是一个不可亲的人，而且总是在和人讲话，甚至他有钱的时候也是如此。

但柠檬少爷离开有钱的时候已经很久了，甚至离开有任何机会揾钱的时候也很久了，他住的那个地方的包租婆变得非常凶狠，向他说了许多难听的话，同时还讲到许多其他的房客，因此柠檬少爷无法在家里好好吃一顿饭，尤其当饭菜非常恶劣的时候。

嗯，柠檬少爷在马场中走，站在那里望着跑道，不断地嚼柠檬糖，心里想着这世界多么残酷，的确，如果这里那里没有便衣侦探，那可有多好。

这一天在马场中的人并不多，柠檬少爷身旁惟一的人似乎只有一个坐在轮椅中的老家伙，他膝上盖着一条毛毯，旁边一个身材高大、脸露睡容、头戴高帽的人似乎是在照料他的椅子。

这老头儿有一大丛白胡子，两大丛硬得像猪鬃的白眉毛，他的确是一个模样很猛恶的家伙，每个人都会知道他是一个守财奴，丝毫没有予以注意的价值。但他是萨拉托加马场中惯见的人，因为他几乎每天都乘了一辆好像棺材的轿车到马场来，他的仆人把他的轮椅从轿车中推出来，推到他现在坐着的地方，这样他就可以看看赛马，不受群众的干扰。

每个人都知道，他名叫拉鲁斯·格立格斯贝，他有许许多多钱，那是他从华尔街揾来的，他把钱抓得紧得不得了，再者，每个人都知道，他憎恨世界上每一个人，包括他自己在内，所以只要有法可想，没有一个人会走近他。

柠檬少爷本来不知道他离格立格斯贝这样近，直到他听见那老头子在向他仆人啰唆时才晓得，于是柠檬少爷同情地望着格立格斯贝，用他低沉的音调说：

“风湿痛么？”

柠檬少爷当然知道格立格斯贝是谁，在普通情况之下，柠檬少爷是不会和这样一个人说话的，但后来他解释，那时他心中非常沮丧，所以他就向格立格斯贝说话，表示不论发生任何后果，老子都不放在心上。而在通常的情形下，如果有一个陌生人竟敢和格立格斯贝说话，他就会喊差人[1]，但柠檬少爷的眼光和声调中有这么多的同情，格立格斯贝似乎颇为出乎意料，他就答道：

“关节炎，”格立格斯贝说，“我的膝盖，”他说，“三年来我一步也不能走。”

---

① 差人，广东话，指警察

“嗯，”柠檬少爷说，“我非常非常为你难受。我完全知道你的感觉，因为我从小就生这种病。”

当然，这完全是信口开河，“关节炎”这几个字如何写法柠檬少爷都不知道，至于生什么关节炎，更他妈的不必提起了，他这样说只不过是为了要找些谈话资料而已，他还继续说下去：

“事实上，”柠檬少爷说，“我害病害得脑子都不会用了，终于有一天我找到了一种小小的药品，灵验得不得了，现在我一点儿也不痛了。”

说了这句话后，他从袋里摸出一颗柠檬糖来丢入自己嘴里，他再以最好客的姿态拿一颗给格立格斯贝。

那个老家伙把那颗柠檬糖夹在拇指和食指中间，望着它，神色似乎就在预料这颗糖随时会爆炸，那仆人则脸带威胁性的表情，凝视柠檬少爷。

“嗯，”格立格斯贝说，“我个人以为一切治疗都是骗人的把戏。我经常悬赏五千元，有谁能治好我的病痛，就把这笔钱给他，但没有一个人有一点儿办法。医生都是骗人的，”他说，“我有七个医生，他们割去了我所有的扁桃腺，拔去了我所有的牙齿，割掉我的盲肠，他们还不准我吃我所喜欢的一切东西，结果只有更糟。这里萨拉托加的水对我似乎有点好处，但是，”他说，“我还是走不出这辆轮椅，我真是厌烦得要死。”

于是，他似乎突然作了一个决定，把那颗柠檬糖投入嘴里，慢慢地咀嚼，隔了一会儿，他说他觉得这滋味有些像柠檬糖，当然这本来就是柠檬糖，但柠檬少爷说，滋味所以这样，是为了要掩饰里面的药味。

不久，柠檬少爷开始向格立格斯贝卖起贴士来，柠檬少爷事后说，格立格斯贝当时是否会听他卖贴士，他心中毫无把握，他所以对他说，只不过是开开玩笑而已，目的只在看他是否会听，哪知格立格斯贝听得很专心，这使他大为惊讶。

我个人觉得这种事情毫不奇怪，因为我在马场中常看见像格立格斯贝那种大亨，会听微不足道的家伙谈贴士，尤其是当贴士中谈到作弊，那么他们听得更起劲，因为喜欢作弊是人生的天性。

柠檬少爷告诉格立格斯贝的贴士是这样的，他是骑师森尼·桑德斯的弟弟，森尼叫他今天一定到马场来，在第五场中下注，因为这是一场预先讲好数的赛马，除了某一匹马外，其他的马在跑的时候都会死样活气之至。

当然这是一篇大大的谎话，柠檬少爷是在乱用森尼·桑德斯的名字，尤其因为森尼根本没有什么弟弟，而且即使森尼知道那一场赛马要作弊，看样子他也不会告诉柠檬少爷；但以卖贴士为生的家伙，恐怕很少会不说谎。

柠檬少爷继续说下去，他说他带了五十元到马场里来，准备买这一匹马的温拿，但不幸得很，他得到了一个关于第一场的贴士，就把这五十元买了，希望赢到一笔钱，然后再在第五场中买那一匹马，哪知他买的那匹马的骑师简直莫名其妙，一塌糊涂，结果，现在第五场赛马到了，而他没有钱再来买，真是倒霉不堪。

我个人以为这个故事的艺术性并没有柠檬少爷以前所说的某些故事那样高明，事实上，柠檬少爷自己也从来不认为这是一个杰作，但格立格斯贝一句话也不说，很专心地听着。

格立格斯贝不断地咀嚼那颗柠檬糖，他的嘴在大白胡子下面啧啧作响，似乎觉得这颗糖滋味极好。柠檬少爷讲完了他的故事，站在那里凝视着马场，脸上带着一副异常痛苦的表情。格立格斯贝说话了：

“我从来不在赛马中下注，”格立格斯贝说，“那太靠不住了。但你说的办法倒似乎的确能揾钱，我很爱揾钱。如果你保证那一匹马一定会赢，我就下一百元注。”

说了这话后，他摸出一只皮夹来，这只皮夹之旧，使柠檬少爷预料里面会钻出一只蟑螂来，他从皮夹中拿出一张一百元的钞票来交给柠檬少爷，同时他问：

“那一匹马叫什么名字?”

嗯，这个问题当然是应该问的，然而柠檬少爷当天下午忙于抱怨这些便衣侦探们的不公平，以致事先没有去看一下赛马程序表，他在这方面如此懒惰，后来受到了普遍的批评，因为一个跑来跑去卖贴士的人，他必须挑出几匹至少是有一点机会的马来。

但柠檬少爷当然没有预料到会有卖贴士的机会，所以这个问题向他提出时，他丝毫没有准备，由于他根本没有看过赛马表，所以他想不出哪些马参加这一场，他又不愿意随便说一匹马的名字，因为这匹马可能没有参加比赛，他就会失去拿这一百元的机会，于是他从格立格斯贝手中把那一百元钞票抢过来，奔向票房而去，那时他想到而能说的只是一句话:

“注意第二号。”

他所以说第二号，因为在赛马中必定有第二号，至于什么第七号或第九号，那就不敢一定了，必须看过后才知道，因为你知道，柠檬少爷告诉格立格斯贝说，他晓得这一场赛马中有人作弊云云，全部是信口胡吹。

当然，柠檬少爷并不想把这一百元钱在这一场中下哪一匹马的注。第一，他根本不知道买哪一匹马才好，第二，他自己需要这一百元钱，但当他一问卖马票的人，他就放心了，第二号是一匹老驽马，名叫“民主党”，他知道，“民主党”就是和一群泥龟赛跑，也是没有得胜的机会。

所以柠檬少爷就把那张一百元钞票放在自己裤袋里，走来走去，直到各匹马都走到起点去。他不拿钱去买马票，你不要以为其中有什么不诚实的地方，因为柠檬少爷也是在赌，不过是和他自己赌而已，这决没有什么稀奇，事实上，那是非常普通的，只有像老杜海那种家伙以及他手下的便衣侦探们，才会注意这种事情。

最后，柠檬少爷走到格立格斯贝那里去，因为一个卖贴士的人，如果不去解释为什么贴士不灵，那是很失礼的事。这时，那些马快跑到终点了，几秒钟后，它们冲过格立格斯贝坐在轮椅中的那个地方，遥遥领先的就是那匹“民主党”，马衣上有一个大大的“二”字。

嗯，老格立格斯贝大叫起来，不住挥手，他大声呼喊，不久就成为众人注意的中心，他以一百元买了温拿，如此吵嚷是没有人会责备他的，因为这匹马是二十赔一。但那时柠檬少爷站在那里，模样显得非常非常痛苦，不住摇头，终于格立格斯贝注意到了他奇怪的态度。

“赢了这一大笔，你为什么不开心？”他说。“我当然会分给你，”他说，“事实上我很感激你。”

“但是，”柠檬少爷说，“我们并没有赢。我们的马跑了第二。”

“你说什么，第二？”格立格斯贝说，“你不是叫我注意第二号，第二号不是赢了么？”

“是呀，”柠檬少爷说，“你说的完全不错，但我说注意第二号，我意思是说，在这一场中，惟一要提防的是第二号，现在看来我的担心是很有根据的。”

听了这句话后，老格立格斯贝坐着凝视柠檬少爷，其时间之长，你可以从一数到十，而且可以慢慢地数，他胡子和眉毛登时都扭起来了，每个人都可以看得出，他是在大大地发怒，突然，他大喊一声，使大家都大吃一惊，他从轮椅里直跳出来，向柠檬少爷扑过去。

嗯，无疑的，格立格斯贝心中是想弄死他，所以柠檬少爷转身猛逃，倒也没有人责备他，事实上，他逃得如此之快，以致他的脚在马场上踢起的小石子弹到了两个旁观者的身上，使他们以为中了枪弹。

格立格斯贝紧跟在柠檬少爷身后追了几码路，以最猛恶的姿态大叫大骂。杜海的几个便衣侦探来了，他们也开始追逐柠檬少爷，他拼命直奔，才逃到了马场门口，柠檬少爷那时似乎听见格立格斯贝在喊：

“停住，喂，请你停住！”格立格斯贝叫道，“我要和你说话。”

当然，柠檬少爷不是傻子，他一步也没有缓下来，更不必说停住了，他逃出马场远远的，便衣侦探们回去了，柠檬少爷一直走出萨拉托加，并不回城去，因为他觉得目前在萨拉托加住下去恐怕有些不大妙。

事实上，柠檬少爷对于向格立格斯贝卖贴士这回事有些遗憾，因为柠檬少爷很喜爱萨拉托加的秋天，然而像这种老乌龟跑出温拿来的事情，只能说是一件不幸的意外，一生中恐怕再也不会有第二回。

嗯，柠檬少爷走出萨拉托加后，继续走了好一会儿，最后他全身疲乏无力，想让他的一双脚休息一下。所以当他到了一个名叫吉卜斯维的小镇时，他在一家杂货店兼汽油站的门口坐了下来，他坐在那里，心里想，这个市镇多么漂亮、平静，树荫看上去是多么愉快，到处是白色的房屋。在这杂货店的对街，一所小小的白房子门口，有一个穿柳条花纹布的有史以来最美丽的少女站着，我知道她的确是有史以来最美丽的女子，因为柠檬少爷后来对我这样说。

这个女子棕色的头发垂在背后，她的微笑是如此的动人，所以当店中出来一个生山羊胡子的糟老头子卖汽油给一个坐在汽车中的家伙时，柠檬少爷就和他搭讪，问他是否能准他在店中做一个店员。

嗯，这老家伙答应了，因为从前的店员是一个名叫皮罗的家伙，他因年老再加营养不良而瓜直了，这样，柠檬少爷就在吉卜斯维住下来，此后几年中都在马丁·普特的店里做店员，每星期薪水十元。

再者，柠檬少爷就这样和亚丽茜·蒂林小姐相识，这位小姐并非别人，就是柠檬少爷看见她站在对街小屋门口的那个美女。

她和她爸爸一起住在那小屋里，她妈妈早死了，她爸爸是一个糊涂酒鬼，嗜苹果酒如命。他名叫约拿斯，他的职业是油漆房屋，但他难得替人家油漆，因为他宣称自从参加美西战争后，他厉害的背痛始终没有好过，所以亚丽茜·蒂林小姐在“商务旅馆”中做侍女来养活他。

柠檬少爷是在一个非常吝啬的老家伙手下做事，柠檬少爷有一个习惯，常从柜台中的玻璃樽里拿柠檬糖来塞满自己的口袋，这个老家伙居然常常因此而大叫大嚷，虽然如此，柠檬少爷还是非常快乐，因为事实真相是这样，他爱上了亚丽茜·蒂林小姐，这是他一生中第一次爱上了什么人，或者爱上了什么东西。再者，这是柠檬少爷一生中第一次平平静静地过活，不致为了要想法子欺骗别人而弄得失眠。

事实上，柠檬少爷对于他从前的生活心中感到非常懊悔，因为他觉得这决不是任何人正当的生活，有时他甚至想写信给那些还在卖贴士的老伙伴，叫他们不要干那个行当了，只因为柠檬少爷不愿他的老伙伴们知道他在什么地方，这才作为罢论。

他现在不看赛马消息了，空下来的时间完全和亚丽茜·蒂林小姐在一起，他空闲的时间是很少的，因为老马丁·普特不愿看见他的雇工在上午六时至下午十时之间闲荡，而“商务旅馆”也正如此。

在春天的一个日子里，当苹果花在这些地方盛开，空气中充满着诱人的香气，青草越长越美时，柠檬少爷向亚丽茜·蒂林小姐表示他的情愫，他说，这种爱情使他连饭也吃不下去。

嗯，亚丽茜·蒂林小姐说，她百分之一百地赞成他这种爱情，柠檬少爷建议立即结婚，她说，她同意这种意见，只是她实在不忍离开她爸爸，在这世界上，她爸爸除了她之外，就没有一个亲人了，虽然这问题有点儿麻烦，但他说，他的爱情是如此强烈，甚至对她的爸爸也能忍受。

于是他们结婚了，住在马丁·普特那所商店对面的小屋里，和亚丽茜·蒂林小姐的爸爸同住。

柠檬少爷和亚丽茜·蒂林小姐结婚时，有一百十八元积蓄，其中一张百元大钞是他从格立格斯贝先生那里拿来的，另外十八元是他在马丁·普特的店中工作了一年而积起来的。婚后的第三个晚上，亚丽茜·蒂林小姐的爸爸嗅到了柠檬少爷放钞票的地方，一古脑儿都拿去了。他去大大地喝了一顿苹果酒，把钱都花光了。

虽然有这一切事情，包括那个老蒂林的事在内，但柠檬少爷和亚丽茜·蒂林非常快活地在这小屋中大约过了一年，尤其是亚丽茜·蒂林似乎要生孩子了，虽然这件事使她不能再在商务旅馆中工作，因而减少了他们的收入。

一天，亚丽茜·蒂林身患重病，这病使当地的阿伯那堆老医生大摇其头，他说他无能为力，她惟一生存的机会只有把她送到纽约的一所医院里去，那里的专家们可以医好她。但这时，柠檬少爷付出一切开支后，早已囊空如洗，如果依照阿伯那堆医生的建议去做，至少得要两百元，他实在想不出，在这地方如何筹措这笔钱。

最后，柠檬少爷向马丁·普特请求预支薪水，那时他的薪水仍旧是每周十元。但马丁·普特大笑了，他说，万万不可以，如果情况不好转，他根本要炒柠檬少爷的鱿鱼。再者，那所小屋的房东走了进来，对柠檬少爷说，他已有两个月没缴房租，总共十二元，如果柠檬少爷不在短期内付清，他就须迁出去。

所以这里那里，柠檬少爷被逼得困难异常，而亚丽茜·蒂林小姐的病又是每分钟都在沉重下去，终于柠檬少爷且行且止地步行了大约一百五十英里而走到纽约城，他想到贝尔蒙园马场去混混，或许能捞到一点，但他刚走到百老汇，就遇到一个名叫矮仔的家伙，矮仔拉他到一家门口，对他说：

“注意，柠檬少爷。”

矮仔说：“我不知道你对格立格斯贝那老家伙干了什么事，我也不想知道，但那一定非常厉害，因为过去两年中，他叫在马场中混的每个人设法找你。你知道，格立格斯贝在马场中很有势力，他这样厉害地找你，你恐怕是杀了什么人。啊，”矮仔说，“上星期在玛里兰，马场警察威尼·乔丹就问我知不知道你在什么地方，我对他说，我知道你是在澳洲。不要到马场里去，”矮仔说，“你一去恐怕就会糟糕。”

柠檬少爷于是狼狈地步行回到吉卜斯维，因为他不愿在这时遇到麻烦，他回家的那一天晚上，有一个戴面具的家伙，手中拿了一支六发手枪走进“商务旅馆”，禁止酒吧里值夜班的职员及坐在那里的六七个人移动，这六七个人之中有一个是老约拿斯·蒂林，那个戴面具的人在收银柜中抢了六十多元走了。就在那天晚上，亚丽茜·蒂林小姐生下了一个死孩子，阿伯那堆老医生后来宣称，这完全是因为专家们没有在十二小时之前给亚丽茜·蒂林小姐医治的缘故。

过了半夜，大约四点钟时，亚丽茜·蒂林小姐终于睁开了眼睛，看见柠檬少爷在她床边，正在号啕痛哭，自从很久以前他在泽西城孤儿院中被管理员痛打以来，柠檬少爷第一次号哭。

于是亚丽茜·蒂林小姐叫柠檬少爷低下头去，以便在他耳边轻轻说话，亚丽茜·蒂林小姐的话很温柔，很轻，她这样说：

“不要哭，乖宝，”她轻轻说，“我去世后，你要做一个好孩子，乖宝，永远不要忘记我爱你，请你照顾我可怜的爸爸。”

于是亚丽茜·蒂林小姐永远闭上了眼睛，柠檬少爷坐在她身旁，凝视着她的脸，直到他听见小屋的前门上有敲门的声音，他打开门，看见乡长希金布打姆等在那里，他们互相望了一回儿后，乡长说话了：

“嗯，孩子，”乡长希金布打姆说，“我很抱歉，但我想你必须跟我走，我们在这里后园中找到了那根酒桶塞子，外面包着锡纸，你昨晚拿来当手枪用之后，就丢在那里了。”

"很好，"柠檬少爷说，"很好，乡长。但我倒要请问，你怎么知道是我干的？""嗯，"乡长希金布打姆说，"我想你大概记不起了，在酒排间中惟一注意到的是你岳父约拿斯·蒂林，昨晚你一手拿着那支自造手枪时，你另一只手伸到衣袋里去拿出一颗柠檬糖来投进了嘴里。"

去年冬天我在米亚米的喜亚里马场上遇见柠檬少爷，我看见他在奥本监狱中所过的两年在他脸上留下了许多皱纹，在他头发上留下了许多灰白色，我很觉遗憾。

但当然我不提到这事，也没有说起有许许多多人批评他，因为我们大伙儿凑了三百元钱，准备给他请一个律师辩护，他却把这笔钱给了亚丽茜·蒂林小姐的爸爸。

再者，我也没有告诉柠檬少爷，还有些方面批评了他，因为他在奥本监狱中时，靠着向参观监狱的人出售小工艺品而赚得了几元，他把这点钱也寄给了那个老家伙，终于约拿斯·蒂林因饮苹果酒太多而瓜直了，这才不再来麻烦他。

我认为，各人自己的事情只有自己最清楚，所以我只拉拉柠檬少爷的手，说我看见他很高兴，我们站在那里，谈谈往事。突然，发生了很大的骚动，从马场上的人群中，走出一个有一大把白胡子，两丛硬得像猪鬃的白眉毛的老家伙来，他一把抓住柠檬少爷的手臂，我看见此人非别，乃格立格斯贝是也，不禁大为惊讶，他不坐轮椅了，我听见他说：

“很好，很好，很好，很好！”格立格斯贝对柠檬少爷说，“我终于找到你了，”他说，“这几年来你躲在什么地方去了？我派了侦探到各处去找你，因为我悬了赏，谁治好我的关节炎，我就送他一笔钱，我要送这笔钱给你，你知道么？是呀，”格立格斯贝说，“在萨拉托加，你给了我一颗味道像柠檬糖的药；很灵验，虽然，”他说，“我那七个医生都想对我说，他们的努力终于发生了效力，同时，萨拉托加城也想出来夸夸他们水的功劳。”

“但是，”格立格斯贝说，“我知道这是由于你的药，如果不是由于你的药，那就是由于你的欺骗，这使我大光其火，以致忘记了我的关节炎，一直到现在，我还没有记起它来过，不论怎样，结果总没分别。现在我要付你四千九百元，因为你从我那里骗去的一百元当然要扣除。”他这样说。

嗯，柠檬少爷站着瞅住格立格斯贝，听他说话，最后，柠檬少爷用他低沉的声音笑了，哈！哈！哈！哈！哈！然而他的笑声中似乎没有一点笑的气息，我不忍听下去，于是我走开了，让格立格斯贝和柠檬少爷在一起。

我只回头看了一次，我看见柠檬少爷不笑了，其所停时间之长，足够他从口袋中摸出一颗柠檬糖来丢进嘴里，他随后又笑了，哈！哈！哈！哈！哈。

吃饭比赛

在美国麻州波斯顿城的布尔斯登街有一家餐馆，里面的焗龙虾会使任何人吃得舔嘴搭舌，正在那里吃这一道美味的人非别，乃“偷马贼”与我是也。

“偷马贼”简称老马，他所以被人称为偷马贼，并不是因为他曾经偷过一匹马，而是根据全国民意测验的结果，认为只要有机会，他就会偷一匹。

就我个人而言，我觉得老马是一个很够朋友的人，因为他一有钱，他就愿意和别人分享，而这时在波斯顿，他正捞得非常得法。我们刚在“塞福克马场”里玩了一手，老马大大赢了一笔，事实上，他现在是有钱佬了，正在请我共同对付龙虾。

嗯，在我们旁边桌上的是四五个衣着华丽的家伙，身材矮胖，红光满面，一副发财样子，他们都说道地的波斯顿土音，那就是里面有许多“啊”的声音而很少“儿”的声音。凡是常到波斯顿的人，对这种家伙都很熟悉，他们必定是政客、退休的警察，或者就是营造商，因为波斯顿的的确确充满了这种家伙。

我对他们毫不注意，因为他们正在喝本地麦酒，而且说话很响，我很早以前就知道了，一个波斯顿的家伙如果在大喝麦酒，那么以敬而远之为妙，因为你从他那里得到的，最好也不过是鼻子上的一拳。但老马也在喝陈年麦酒，而且对他们的谈话很感兴趣，最后，我也听到了引起他兴趣的话，那些家伙中的一个人说：

“嗯，”他说，“他在任何时期都可吃赢全美国的任何人，我愿意打赌一万元。”

老马听了这句话后就站起来走到那张桌边，向大伙儿非常友好地鞠躬微笑，说：

“各位先生，”他说，“请原谅我的冒昧，请原谅我的插嘴，”他说，“我听见你们在说起贵城的一位大食家，是吗?”

嗯，这些波斯顿的家伙都凶狠狠地凝视老马，我预料其中会有一个人站起来叫他走开，但他老是鞠躬微笑，他们觉得他是一位绅士。终于其中一人说话了：

“不错，”他说，“我们是在讲一个名叫乔埃·杜弗尔的人。他无疑是当世最伟大的大食家。他刚刚胜了一场辉煌的打赌。他和密苏里州本哥尔城的一个家伙打赌，赌他就在这个餐馆里把橱窗中所有的蚝子全部吃光，他不但把所有的蚝子通统吃光了，而且他还要赌连蚝子的壳都全部吃下去，但是，”他说，“那个密苏里州本哥尔城的家伙不幸在第一个打赌中把钱输完了，没有本钱打第二次赌。”

“很有兴趣，”老马说，“如果是真的，倒很有兴趣，但是，”他说，“如果我的耳朵没有毛病，我好像听见有一位愿意下一万元赌注，要你们这位大食家和美国的任何人比吃东西。”

“你的耳朵很灵。”另一个波斯顿人说。“我这样说过，虽然，”他说，“我承认这是一种强调性的语气。但我的确这样说过，”他说，“我决不能让人说闲话，说一个波斯顿人与人打了赌竟抵赖不认账。”

“嗯，”老马说，“现在我身边没有带足一万元，但是，”他说，“我先付一千元按金，我要去找一个人来吃赢你们的大食家，赌一万元，如果你们愿意提高赌金，也无不可。”

老马说了这句话后，他掏出一卷大钞来，丢在桌上，一个名叫卡洛尔的波斯顿人就用手在钞票上一拍，说：

“赌了。”

嗯，这的确是很迅速的行动。如果有什么事是我最最欣赏的，那就是行动，这些家伙的确有体育家的本性，我于是考虑到什么地方去揾一点钱来参加老马的打赌，因为我当然知道，代表他这一方出席比赛的一定是好好锺士。

我知道好好锺士的为人，我准备能揾到多少钱就用多少钱来赌他能吃赢任何两脚动物。事实上，我还愿意赌好好锺士能吃赢任何四脚动物，只是大象或许要例外，但即使是大象吧，恐怕也要马场中的“电眼”才能决定谁胜谁败。

我并不是说好好锺士是各国历史中最伟大的大食家，但我要说，他是其中之一。事实上，谭教授说过，好好锺士在历史上的大食家中，不是第一就是第二。谭教授在靠赌马为生之前，是西部某大学中的教授，他研究过历史。

谭教授说，我们必须经常记得，好好锺士吃东西时受到现代文明的障碍，那就是说吃东西时必须用刀叉，至少也得用一把刀，而从前，用手吃东西是一种很流行的风俗，那时吃起来就快得多了。谭教授说，如果根据旧方法，那么好好锺士就可创造一个历百世而无人能打破的纪录，当然，谭教授或许稍稍有点儿夸张。

嗯，赌是打定了，老马和那些波斯顿的家伙们当然开始讨论在什么地方比赛。有一个波斯顿人提议在中立地带举行，如康州的纽伦登，或罗得岛的天堂城等，但老马主张在纽约举行，似乎这些波斯顿人常常到纽约去，所以在这个问题上他没有遇到重大的反对。

大家同意在四个星期之后的某一天比赛，使主赛人有充分时间来准备，虽然老马和我都知道，对于好好锺士，这完全是不必要的，因为他经常是在大吃的峰巅状态之中，决没有什么“季初病”之类。

好好锺士大约五呎八吋高，五呎九吋宽，他身体好的时间，体重高达二百八十三磅。他以赌马为生，嗜好就是吃东西，但即使在他肚子不饿的时候，他的食量还是大得惊人。

嗯，一等老马与我回到纽约后，我们马上就到百老汇的明戴餐室去，讲述老马在波斯顿所作的打赌，许许多多公民们，包括餐室老板明戴自己，马上都参加了股份，很快地，赌款超过了预定的一万元很多很多。

于是明戴说，最近一个月来的星期天他都没有看见好好锺士。在餐室中的每个人都想起来了，最近大家都没有看见好好锺士，这引致大家讨论他到底到什么地方去了，虽然，在此以前，大家对他的行踪是丝毫不加关心的，只要有人在此后十年中看见好好锺士一次，恐怕大家也就认为已经足够了。

嗯，卖马票的惠利当时也在场，他记起最近曾去找好好锺士收一笔几年前的欠账，好好锺士那时住在西四十九街的安息酒店。老马和我就到安息酒店去找他，到了那里，得悉他已离开了，留下了一个地址，说可到晨边台揾史洛格姆探询。

于是老马叫了一辆的士，我们到那个地方去。那是一座五层楼的没有电梯的公寓，楼下一张卡片上写明，史洛格姆住在顶楼。

老马和我花了十分钟才走上五楼，对于这种性质的运动我们是很不习惯的，我们终于到了门外写明“史洛格姆公寓”的房间外面，两个人气喘如牛，只好坐在楼梯上休息一会。

于是我按史洛格姆的房间的电铃，出来了一位身材高高的年轻黑发女人，她毫无问题很美，但她很瘦，我们要看两次才看见她。我问她关于一个名叫好好锺士的人的消息，她说：

“我想你是指昆丁，”她说，“是的，”她说，“昆丁是在这里。请进来，两位先生。”

我们就走进去。当我们进去时，一个身材瘦削而满脸病容的家伙从窗边一张椅子中站起身来，用一个微弱的声调向我们道晚安。这个晚上的确很安好，所以老马和我就很客气地也对他说晚安，于是我们站在那里等好好锺士出来。那个年轻的瘦美人说：

“嗯，”她说，“这位是昆丁·锺士先生。”

老马和我就向这瘦家伙再望一眼，我们发觉这家伙竟非别人，乃好好锺士是也，但他身材的改变使我们两人都大吃一惊，因为他全身是毫无疑问地缩小了。

事实上，他的身材只有他峰巅状态时的一半，他脸色苍白瘦削，眼睛深深陷入头里，当我们和他握手时，我们每个人都很久很久说不出话来。老马最后终于说了：“好好锺士，”他说，“我们要单独和你谈一件极其重要的事，可以吗？”

嗯，说了这句话后，好好锺士还没有回答啊、是或不的时候，那个年轻的瘦美人就走出房去，把门一碰。好好锺士说：

“那是我的未婚妻，喜达·史洛格姆小姐。”他说。“她是一个了不起的人。一等我体重再减轻二十磅，我俩就可以结婚了。大概还需要两个星期。”他说。

“我的老天，好好，”老马说，“你说什么？再减轻二十磅体重？你现在已经瘦得不得了。你是否刚生了一场大病，还是怎样了？”

“啊，”好好说，“我当然没有生一场大病。我一生中从来没有这样健康过。我是在节食。我在两个月中减轻了八十三磅体重，现在已减到两百磅。我觉得很伟大。”他说，“这完全得归功于我的未婚妻喜达·史洛格姆小姐。她救了我，使我不至于过于健啖和痴肥，不管怎样，”好好说，“喜达·史洛格姆小姐是这样说的。不错。我觉得很好。我非常非常爱喜达·史洛格姆小姐，”好好说，“那天我俩在电车中遇到后就一见钟情了。我正从电车门中挤进去，她在我后面很亲善地推我，帮我挤进电车门。我发觉她良心很好，我就约她当晚看电影，当新闻片放映的时候，我就向她求婚。但是，”好好说，“喜达马上对我说，她决不嫁一个大胖子。她说，我必须将我的身体交给她全权办理，她会用科学方法来使我减轻体重，那么她就可做我的妻子，否则就不行。”

“所以，”好好说，“我就到这里来和喜达·史洛格姆与她妈妈同住，以便让她经办我的饮食。她妈妈比喜达还要瘦。我的确觉得很好！”好好说。“你看！”他说。

说了这句话后，他一拉他的裤腰，显出了很大的容积，足可放一艘主力舰，但这样一拉似乎使他很累，他只好又坐到椅中去。

“老天爷，”老马说，“你吃些什么东西，好好？”

“嗯，”好好说，“我吃任何不含淀粉质的东西，但是，”他说，“当然任何值得吃的东西都含有淀粉，所以我其实并没有吃什么东西。我未婚妻喜达·史洛格姆安排我的饮食。她是一位饮食专家，在一本名叫《家庭管理》的节食杂志中主持一个极著名的专栏。”

于是老马告诉好好锺士，他怎样已预定要他与波斯顿的乔埃·杜弗尔比赛吃东西，双方下了很大的赌注，他怎样已付了一千元的按金，百老汇许许多多崇拜好好锺士的怎样在他身上下了注，准备赢钱来解决困难。好好锺士起初听的时候感到了极大兴趣，眼中发出明亮的光辉来，但他后来显得很伤心，说：

“没有用，老友记，”他说，“我的未婚妻喜达·史洛格姆决不容许我放松一会儿节食，一会儿时光也不行。刚刚昨天，我请她给我吃一点黑面包而不要全麦面包，她说，只要我再想到这件事，她就取消我俩的婚约。老马，”他说，“你有没有整月不断地吃全麦面包？烤过的？”

“没有，”老马说，“我吃得很好，法国白面包，玉米松饼，热饼干，上面还涂肉汁。”

“不要说了，”好好锺士说，“你这样吃东西只有减少你的寿命，再者，”他说，“你在使我伤心。但是，”他说，“我越是想到在这紧急事件中崇拜我的人们如何信赖我，我越是难受，因为我无法为他们效劳。不管怎样，”他说，“我们把喜达·史洛格姆小姐叫进来试一试，看她对于你们所提议的事反应如何。”

于是我们就请喜达·史洛格姆小姐进来，老马向她说明我们狼狈的处境，我们对于好好锺士如何寄以重大的期望，哪知他竟在节食。喜达·史洛格姆小姐的反应是叫老马和我走出公寓，并下了训令，不准我们再上她的门，当我们走过了一条街的时候，我们还听见她坚决地教训好好锺士的声音。

嗯，我个人以为这件事情就此结束了，因为我看得出喜达·史洛格姆小姐是一个个性非常坚强的人，事实上，如果不是老马遇到一件出其不意的事，这件事本来就此算了。

一天下午他在贝尔蒙马场中，他得到了一个很好的贴士，一个戴硬草帽和眼镜的活泼的青年过来问他哪一匹马好，老马把贴士告诉了他，他想，如果贴士发生了效力，那个青年就会酬谢他一点钱。

嗯，贴士的确发生了效力，那个活泼的青年很感谢老马，向他说了许多“谢谢”，就此而已，老马正要说单是口头上的谢谢是不够的时，那个活泼的青年说他名叫麦克布格尔，是《家庭管理》杂志的编辑，邀老马有空时去和他谈谈。

老马当然记得好好锺士曾说起喜达·史洛格姆小姐是

给这个杂志写专栏的，于是他把吃饭比赛这件事告诉麦克布格尔先生，请求他劝告喜达·史洛格姆小姐恩准好好锤士暂停节食一段时期，以便参加比赛，老马然后又告诉了他一个温拿的贴士。

麦克布格尔先生一定马上在喜达·史洛格姆小姐面前大大地疏通了一番，因为第二天老马还没有起床，史洛格姆小姐就到他旅馆里来，对他说：

“当然，”喜达·史洛格姆小姐说，“关于昆丁，我的态度决不有所改变，但是，”她说，“我看出来，你们各位先生依赖他出马，而他竟不得不使你们失望，他感到非常难受。他觉得他使你们遭受损失，事实虽非如此，但他心头极为沉重。这妨碍了他的节食。”

“说起来，”喜达·史洛格姆小姐说，“你们的吃饭比赛我并不赞成，因为，”她说，“这保险会使人发胖，但我有一位朋友，名叫华奥莱特·辛褒格小姐，她或许可以代表你们参加比赛。她和我从小就是好朋友，但只因为我非常爱她，这种友谊才能继续下去。她是异乎寻常的喜欢吃东西。”喜达·史洛格姆小姐说。“我向她恳求、警告，以及提出我自己的例子，她还是坚持要大吃东西。我非常讨厌，但我最后了解，与她辩论是没有用的。”

“她还是我最亲爱的朋友，”喜达·史洛格姆小姐说，

“虽然她继续大吃，据我所知，在这方面她有特殊的成就。事实上，”她说，“好好锺士要我对你说，如果华奥莱特·辛褒格小姐真能如我所说的那样大吃，那真是了不起。再会，”喜达·史洛格姆小姐说，“你要找好好锺士是不成的。”

嗯，没有一个人赞成在这种情况下要另外一个替身来代替好好锺士，尤其是一个大家从来没有听见人说起过的女人，许多公民根本想退股不参加比赛了。但老马已付了一千元按金，放弃未免可惜，因为没有人提出另外人来，他终于去接洽会见喜达·史洛格姆小姐所提出的那个女人。

一天晚上，他带了一个女人到明戴餐室来，这个女人非常之胖，必须把三张桌子拼在一起，她坐下来才合适。似乎这个家伙就是华奥莱特·辛褒格小姐了。她体重大约有二百五十磅，但她决不是一个老太婆，长得也决不丑。她脸的大小大约等于挂在市政府厅前的大钟，下颚上足可架一个救火梯，但她笑得很美，牙齿很漂亮，她的笑声非常响亮，在五十呎外的地方，有一个顾客名叫顾尔斯坦，他正要吃草莓松饼，哪知这个肥女的笑声把松饼顶上的奶油震了下来，使他大为愤慨。

嗯，老马所以带她到明戴餐室来，是让她操练一下胃口，当她开始吃肉时，许多专家都围拢来参观，大家都认为，在吃的方面，她决非平庸之辈。事实上，当她吃完时，甚至明戴也承认她是第一流的好手，终于，大家都同意要华奥莱特·辛褒格来和乔埃·杜弗尔作吃饭对抗赛。

这次伟大的吃饭比赛是在初夏的一个晚上在纽约举行的，你或许听人说起过这回事。吃饭比赛当然并不是什么新奇的事，事实上，在美国的有些地区，例如在南部和东部，那是一种相当老式的娱乐，但这在近几年来，是第一次盛大的公开比赛，所以在百老汇引起了纷纷的议论。

事实上，大家谈论得非常起劲，但决非信口乱说一通而已，在这场吃饭比赛中所下的赌注，比历史上任何吃饭比赛中所下的赌注都更多，一般都看好乔埃·杜弗尔，他与华奥莱特·辛褒格小姐的比数是六比五。

乔埃·杜弗尔和那个名叫康威的人在比赛之前数日到了纽约，要求和华奥莱特·辛褒格小姐会面商谈最后的细节，做华奥莱特·辛褒格小姐顾问和教练的，乃好好锺士是也。他比老马和我上次见到他时更瘦，脸色更难看，但他说他觉得很好，再减轻六磅体重，他就可以与喜达·史洛格姆小姐结婚了。

嗯，他所以到临，似乎的确是由于喜达·史洛格姆小姐的关系，因为她说，她既然使她最亲爱的朋友华奥莱特·辛褒格小姐参加这场比赛，她就必须尽力来帮助她取得胜利，她想到的惟一办法，就是让好好锺士做华奥莱特的顾问，把他的吃饭经验贡献给她。

但后来我们知道了，事实真相并非如此，原来《家庭管理》杂志的编辑麦克布格尔先生对于这场比赛极感兴趣，他发觉他虽然对喜达·史洛格姆游说了一番，但她还是不准让好好锺士出场比赛，只是拉一个后备“吃手”来参加，他大为愤慨，就坚持好好锺士必须做华奥莱特的吃饭教练。

我们后来还知道了，当好好锺士每次给华奥莱特上了一课之后回到晨边台的公寓去时，喜达·史洛格姆小姐一定要闻嗅他口中的气息，看他是否偷吃过什么东西。

嗯，这个乔埃·杜弗尔是一个高佬，双肩下垂，脸上表情很伤心，看他样子，似乎一茶杯的东西也吃不完，但当他一开始谈判细节，每个人都可以看出来，他非常内行，的确是此中老手。事实上，好好锺士说，他听乔埃·杜弗尔一说话，就知道他是一个危险的对手，他说，他发觉华奥莱特·辛褒格小姐是一个正在发展中的“吃家”，如果有更多的操练，前途无限，只是现在时间已相当迫促，所以他颇觉遗憾。

乔埃·杜弗尔提议，这场比赛包括十二道纯粹美国式的菜，双方各选六道，轮流选择，选择时说明各道菜的重量和数量，每道菜准确地分为两份，双方选手各吃一份，华奥莱特·辛褒格小姐和好好锺士低语了一会儿后，他们认为条件极可满意。

于是老马拿出一枚毫子来决定一方先选，乔埃·杜弗尔说要人头，毫子一掷，人头向上，他就先选第一道菜，那是两夸尔橄榄，十二捆芹菜，四磅脱壳胡桃，这些东西都要平均分成两份，各吃一份。华奥莱特·辛褒格小姐点的第二道菜是十二打蛤蚧，乔埃·杜弗尔点第三道菜，两加仑费城红胡椒肉菜汤。

嗯，华奥莱特·辛褒格小姐和好好锺士又低语商量了一会儿，华奥莱特点了两尾五磅重的条子鲈鱼，鱼头鱼尾在比赛时不吃，乔埃·杜弗尔点一头廿二磅重的火鸡。蔬菜也作一道菜计算，华奥莱特·辛褒格小姐点了十二磅碎薯仔，加棕色肉酱。乔埃·杜弗尔说，来两打带穗轴的玉米，华奥莱特答之以两夸尔青豆。乔埃·杜弗尔点十二捆和奶油同煮的芦笋，华奥莱特点了十磅炖新豆。

点到沙律了，这次轮到乔埃·杜弗尔，他就点了六磅加油加醋的混合青沙律，最后一道菜应由华奥莱特·辛褒格小姐点，那是点心。她点一个南瓜批[①]，直径两呎，厚三吋。

双方同意，两人吃东西时必须使用刀叉或调羹，但速度不计，时间不加限制，只是在任何阶段中不得连续停顿两分钟，打嗝则为例外。两人可饮任何东西，喜欢饮多少就饮多少，但所饮的水份不计入比赛成绩。胜负完全以所吃食物的多寡来决定，裁判员要计算每道菜吃过后留在盘子中食物的数量，但吃东西时落在胸前或衣上的碎屑，只要不超过一英两，免予计算。食物费用由负方支付，如十二道菜吃完后，仍胜负难决，双方选手马上接下去吃火腿鸡蛋，吃到分出强弱为止。

嗯，比赛的场地选在明戴餐室三楼，比赛进行时谢绝普通客人参观，只有与比赛直接有关系的人方准入场。餐厅的中央放了一张大桌子，双方选手各坐一边，每位选手各有侍者三人照料。

旁观者不得谈话或组织啦啦队支援助威。但在任何吃饭比赛中，主赛人如何喜欢谈话，当然并无不可，事实上凡是聪明的“吃手”都不愿谈话，因为谈话会浪费精力，他们互相说的话，最多只不过“请你把芥末瓶递给我”之类。

---

① 批，英文 pie 的音译，即馅饼。

在比赛那天来参观的，波斯顿方面大约有五十人，纽约方面获准入场的人数相等，其中包括《家庭管理》杂志的编辑麦克布格尔先生，他是来问老马要点贴士，问他在华奥莱特·辛褒格小姐身上下点赌注，是否可像上次在马场里那么赢钱。

好好锺士很早就到了，他的老友与崇拜他的人看到他的模样，都感到很难受，他的体重减少了许许多多，面色憔悴，令人不忍卒睹。

好好锺士对老马和我说，他以为华奥莱特·辛褒格小姐获胜的希望很浓。

“当然，”他说，“她没有经验。她不懂在比赛中如何控制速度和步调。但是，”他说，“她有极美妙的风格。我很爱瞧她吃东西。从前我大吃的时候所喜欢的东西，她也喜欢。她个性也非常好。你们注意过她的微笑没有？”好好锺士说。

“但是，”他说，“她是我未婚妻喜达·史洛格姆小姐最要好的朋友，所以这种事情还是不谈为妙。我想带喜达来参观比赛，但她说这种事情丑恶得很。嗯，不管怎样，”好好锺士说，“我设法借到了一点钱，下了华奥莱特·辛褒格小姐的注。嗯，”他说，“你们注意到她的微笑没有？”

嗯，好好锺士坐在一张椅子上，在华奥莱特·辛褒格小姐身后十呎，如再接近，那些裁判员就不准许了，他们还警告他说，不得在场外指导选手，这条规则好好锺士当然是和他们同样的明白，再者，到那个时候，他似乎已经没有任何精力剩下来了。

有三位裁判员，都是来自中立区的。其中有一个是巴的摩尔[①]人，名叫巴加德，他是一家餐厅的老板；另一个是天堂城人，名叫克洛伯斯，他是开腊肠厂的。第三位裁判员是一个老太婆，叫做罗巴勃太太，她是费城人，以前开过一家“演员宿舍”，一般认为她对“吃家”的判断有独到的眼光。

嗯，明戴是官式发令人，到八时三十分，当参观者之间还在纷纷互下赌注时，他拿出表来，说：

“波斯顿，准备好了没有？纽约，准备好了没有？”

华奥莱特·辛褒格小姐和乔埃·杜弗尔都点点头，明戴说开始，比赛就进行了，乔埃·杜弗尔马上大吃芹菜、橄榄和栗子。

这个乔埃·杜弗尔显然是一个“音响吃家”，你在很远的地方都可以听见他吃东西的声音，尤其是当吃蛤蚧和

① 巴的摩尔，通常译作“巴尔的摩”，美国城市名。

喝汤的时候。他又是一个“表情吃家”，他吃东西的时候，眉毛一直高耸到生头发的地方，这种类型的吃家当然效率是极高的。

事实上，乔埃·杜弗尔从芹菜直吃到火鸡时，使纽约百老汇方面的观众们相当担心，他们互相低语说，如果好好锺士能参加就好了。但就我个人而论，我很喜欢华奥莱特·辛褒格小姐的吃法，她并不过分激动，然而对吃东西是真诚地热心。

在比赛的最初阶段中，华奥莱特·辛褒格小姐在速度上不及乔埃·杜弗尔，因为她似乎一面咀嚼一面在欣赏食物的滋味，但我发觉她慢慢赶上去了，我想这并非由于她速度增加，而是乔埃渐渐慢下来。

火鸡拿上来了，侍者把它准确地分为二份，华奥莱特·辛褒格小姐显得十分失望，她第一次说话了：

“啊，”她说，“火鸡肚里为什么不放填料？”

嗯，似乎没有人对厨师说过火鸡肚里要放填料，所以他就没有放，华奥莱特·辛褒格小姐的失望大家都看出来了，以致那些波斯顿人的信心大为动摇。他们觉得，直到目前为止，这个女人已吃了这么许多东西，而她竟还要求火鸡肚里放填料。当然是一位异常厉害的“吃家”了。

事实上，乔埃·杜弗尔看到华奥莱特·辛褒格小姐的失望时极感惊异，当她吃了她那一份的火鸡、碎薯仔以及其他各种各样的东西时，他以极度尊敬的眼光凝视着她，一直吃到南瓜批，两人还是分不出谁强谁弱。事实上，到这时为止，两人始终是势均力敌，将遇良材，虽然，那位巴的摩尔人的裁判员请另外两位裁判员注意，华奥莱特·辛褒格小姐的一条火鸡腿啃得并没有乔埃·杜弗尔那么干净，但那两位裁判员认为这只是一个无关紧要的技术问题。

于是侍者把南瓜批捧上来了，那无疑是一个极大的批，事实上它有马路上阴沟圆盖那么大，我发觉乔埃·杜弗尔望着这个批时脸上有一种异样的神色，虽然老实说，华奥莱特·辛褒格小姐脸上的表情也不见得有什么高明。

嗯，侍者把那个批从正中分为两块，一块放在华奥莱特·辛褒格小姐面前，一块放在乔埃·杜弗尔面前，他咬了两口，我看见他松了一下裤带，喝了一大口水，我想他现在是陷入困境了，这个南瓜批可以决定整个比赛的胜负，我想，如果我在华奥莱特·辛褒格小姐身上多下一点儿注，那可有多好。正在这时，华奥莱特还没有开始吃那个批，她突然向好好锺士示意，要他走过去，他过去后她在他耳边说了几句话。

那个名叫康威的波斯顿人一看见这情形，马上跳起来大叫“有弊!”好几个波斯顿人同声附和，乔埃·杜弗尔也这样叫起来，虽然，后来甚至波斯顿人也承认，乔埃·杜弗尔如此对待一位小姐，未免不够绅士风度。

嗯，发生了一些混乱，裁判员们举行了一个会议，他们一致同意，在吃饭比赛中并无作弊情事，因为截至目前为止，华奥莱特·辛褒格小姐还没有动她的南瓜批。

但他们说，到底是否作弊，要看华奥莱特·辛褒格小姐是否得到了她教练好好锺士的指导，那位天堂城人的裁判员就问好好锺士，他是否可以说明华奥莱特与他说了些什么话，以便作一决定。

“嗯!”好好锺士说，“她只问我，她吃完了这个南瓜批后，是不是可以再来一个。”

乔埃·杜弗尔听了这句话后，把刀子掷了下来，推开他面前放南瓜批的盘子，那块批他只咬了两口，他向那些波斯顿人说：

“先生们，”他说，“我认输了。我一口也吃不下去了。我已尽力而为，各位都看得出来，但是!”他说，“这个女人还没有开始吃，她就说要再来一个。我几乎要胀死了，和她比下去我一定要瓜直。先生们!”他说，“她是一个怪物。”

嗯，这些话等于是认输了，好好锺士就站在他椅子上，说：

“华奥莱特·辛褒格小姐万岁，万岁，万万岁！”

好好锺士刚叫完“万万岁”，他的力气就用光了，他昏倒在椅子底下，正如乔埃·杜弗尔胀倒在桌子底下一样，“疗养医院”的医生们同时从同样的地址接到通知，说要医治两个病人，一个由于营养不良，另一个却由于饮食过度而昏倒，那些医生们感到大为惊奇。

那时候，当激动渐渐平息下来，赌注结清完毕之后，我们带华奥莱特·辛褒格小姐到明戴餐室的正厅去宵夜，当她谈到她辉煌的胜利时，她大大地归功于好好锺士。

“你看，”华奥莱特说，“我对他低声说的话，其实是说我认输了。我在他耳边说，就是要我性命，那个南瓜批我不能再咬一口了，我对他说，如果他已在我身上下了赌注，如果还来得及，最好抽回。”

她说，“好好锺士恐怕对于我的演出极为失望，但等他出院后，我要对他坦白一件事，我忘记了那场比赛，”华奥莱特说，“在比赛之前一个钟头，我还照样吃我的晚餐，吃了猪脚煮酸菜，”她说，“这一定影响了我在比赛中的食量，所以，”她说，“我的胜利完全是由于好好锺士的机智。”

在这场伟大的吃饭比赛之后好几个星期，我在百老汇遇见喜达·史洛格姆小姐，她比我上次遇见她时显得面色好得多了，当我提起这件事时，她说：

“是的，”她说，“我停止节食了。我已得到了一个教训，”她说，“我知道男人并不喜欢节食想减轻体重的女人。男人所希望的是丰满。嗯，”她说，“一星期前，我写专栏的那本杂志的编辑麦克布格尔先生对我说，他很愿意带我去跳舞，但我必须在我身上放一点肉上去，使他跳舞时有东西可抱。我非常爱跳舞。”她说。

“但是，”我说，“好好锺士怎样了？最近我好久没有看见他。”

“啊，”喜达·史洛格姆小姐说，“这个衰鬼干的好事你难道不知道？哼，他身体稍稍好一点可以出院后，他就和我最要好的朋友华奥莱特·辛褒格小姐私奔了，留了一个条子给我，说什么两个灵魂而只有一个思想等等。他们现在佛罗里达州开了一家烧腊店，”她说，“看样子他们一定在拼命地大吃大喝，这一对宝贝吃起东西来足可抵得七匹骡子。”

“史洛格姆小姐！”我说，“我请你到明戴餐室去吃一客鸡片汤怎么样？”

“可以，”喜达·史洛格姆小姐说，“另外要加肉饼子。吃过东西后，我和麦克布格尔先生有约会，要去跳舞。我真喜欢跳舞。”她说。

会一会总统

那一天晚上我下了班回家来，我老婆艾丝说，喂，乔，发生了一件可怕的事。邮差杰美被开除了。我说谁开除他的？她说当然是政府呀。有人对政府说，他们看见他从邮包里拿出一封信来烧掉了。政府说，杰美，你为什么这样干？他不肯把原因告诉他们，所以他们把他开除了。

她说，乔，你去看看那些政界要人，请他们叫政府立刻恢复杰美的职位，因为杰美年纪这样老，除了送信之外，不能再做别的事了，他马上会饿死的。他已做了卅多年邮差，现在开除他是很不公平的。我说，艾丝甜心，我不认识可以管管公平不公平的事的那种人。我说，我们是老百姓而他们是大人物，对他们说有什么用呢？我说，他们只会把我推开，因为大人物对付老百姓总是这样子的。

嗯，艾丝说，政府是谁管的？我说是美国大总统管的。她说，如果我们把这事告诉美国大总统，我可以打赌他一定会使杰美复职。我们去会会总统吧。我说，最心爱的艾丝，美国总统住在华盛顿，他是一个很忙的人，即使我们跑到华盛顿，我想他也不见得会肯见我们。她说，你又要老脾气发作，贪生怕死，啰里啰唆了。我们要到华盛顿去见美国大总统，因为杰美必须要复职。她说，如果杰美不再做邮差，他只有坐着等死。

于是第二天我请了假，坐上了那辆旧汽车开到华盛顿去。我老婆艾丝穿上了她最好的衣服，戴了她那顶新帽子，我则穿了那套灰色衣服，还打上领带。当我们中午时光到了华盛顿时，我对一个警察说，喂，警察，大总统在哪里？他说我不认识他。

啊，我说，你倒真聪明，是么？我说，警察，我是美国的公民，这是我的老婆艾丝，她也是美国公民，我正正经经地问你，你也应该正正经经地回答我才是。我老婆艾丝说，正是，我们是从纽约来的，我们不喜欢有讨厌的警察跟我们开玩笑。啊，那警察说，我是讨厌的么？她说，我看起来差不多。我说，不要吵，艾丝甜心，让我来讲。那警察说，好家伙，我也有这样的一个老婆，我对你很表同情。

他说，你要找总统必须要到白宫里去。你顺着这街一直走去就准不错。你见到他时代我问他好。我说，我对他说谁问他好呀？警察说，我叫乔治。我说，你姓什么呀？我老婆艾丝说，开车，乔，这个讨厌的警察只想跟人开玩笑。

于是我们照着那警察所说一直走去，不久之后我们看到一片空地上有一所大房子，我说，艾丝，这一定就是白宫了。于是我把汽车停在路边，我们走出车来向着那大房子走去，在门口又站着一个警察。他说，你做什么？我说，谁要知道。他说，是我。我说，很好，我们要见总统。他说，另外有几万万人都想见总统。他说，你们见总统做什么？我老婆艾丝说，乔，你干什么浪费时间与讨厌的警察们谈天？我一生一世从来没有见过这样多讨厌的警察。她说，在纽约，人家不必老是回答警察们的质问。

那警察说，好，那么回到纽约去吧！不管怎样，你们还是走开点，我不喜欢看你。你的容貌使人烦恼。我说，警察，谈到容貌问题，你自己也不见得美若天仙。

我说，我是美国的公民，我知道我自己的权利。我不必屈服于警察。我说，你幸亏穿上了这一身制服。我只因为尊敬法律，否则就要给点颜色你看看。

他说，你还有谁？我说，我不必叫谁帮忙。我老婆艾丝说，给点颜色给他看看，乔。我正想给点颜色给他看看时，一个穿条纹裤子的家伙出来了。他说，你们吵什么？

我说，我们没有吵，只是这个警察讨厌。我说，我与我老婆艾丝要见总统，但这家伙不让我们会他。我说，警察们总是这样的，他们一穿上制服就只想欺侮老百姓。

我说，我是美国的公民，如果一个公民要见总统，而总统也愿见他，却被许多警察干涉阻止，那倒真是怪事。我说，警察们这样对付一个公民是不公道的。我说，如果不能会见总统，那么要总统做什么？我老婆艾丝说，是呀，我们又不是去吃掉他。我说，艾丝宝宝，你还是让我来办这件事吧。

那穿条子裤子的家伙说，你们要见总统做什么？我说，先生，我一直从纽约来看美国大总统，明天我必须回去上班工作，如果我必须告诉每个人我为什么要见总统，我就一点空也没有了。我说，先生，会一会美国的大总统为什么要这样困难？他工作完了之后他一定会愿意接见任何人的。我说，难道他竟与纽约那些政客差不多么？

等一下，那穿条纹裤子的家伙说，他就走进去。一忽儿就再出来说，总统要立刻见你。你名叫什么？我说我叫做杜乔，这是我老婆艾丝。他说，我很高兴遇见你。我说，我也一样。于是他带领我们进门，一直领到一间大办公室里，美国大总统就坐在那边，我见过他的肖像，所以一看就知道是他，没有错儿。

他向我们微笑。那穿条纹裤子的家伙就说，这是纽约的杜乔，这是他的妻子艾丝。总统就和我们握手说，我很高兴看见你们。我说我们也如此。他说，纽约近来怎么样？我说，不大好！总是老样子。我说，“特基”棒球队打得好了一点，不过他们还得增加投手。华盛顿近来怎么样？他说，也不见得好。他说，我想这里也得需要增加几个投手。他叫我们坐下来。他说，乔，你来找我有什么事？但这办公室中另外还有许多人，所以我说，你老，我老婆艾丝来会你，为的是一件机密大事。他大笑起来，告诉了那些人，那些人也就笑着走出房去。我老婆艾丝说，这到底有什么可笑？我说，不要紧，艾丝。我说，不要作声。请你让我来办这件事。

于是我对总统说，你老，你老！你不认识我，我也不认识你，所以我们从平等的立场出发。我知道你很忙！我不会浪费你的时间，所以我立刻就言归正传。我老婆艾丝和我想来跟你谈谈邮差杰美的事。是呀，艾丝说，他被邮局里开除了。我说，艾丝甜心，请你不要这样插嘴。我会把一切告诉总统。你老，我说，当女人家说什么话时，她们总是倒讲上来的。他说是的，但她们的用意很好，邮差杰美是谁呀？

我说，你老，邮差杰美是一个六十多岁的老头子，他在我们邻近做邮差已做了三十多年。当杰美开始做邮差时，我老婆艾丝与我都还是小娃娃啦。你老，我说，你或许不会相信，我老婆艾丝小时候真漂亮得像一个洋囡囡。总统说，我相信是如此。

嗯，你老，我说，如果你不知道杰美的为人，一定以为他是一个脾气难惹的老家伙。他又长又瘦，因为背邮包多年所以肩上隆起两大块，他的两只长脚就像一把剪刀，头发灰白，戴了眼镜。其实他本性一点也不像他相貌那样暴躁。他看起来样子暴躁，只因为他心中总是非常痛苦。

是呀，我老婆艾丝说，有一天我给一块猪油给他叫他去擦擦脚，邮差杰美说他从来没有这样舒服过。当我爸爸从外面回来脚上痛病时，我姆妈总用猪油来替他擦脚。我爸爸是地下铁中的扳道夫，她说。我说，艾丝，你留心，总统对你爸爸的脚并不发生兴趣。她说，我只是想到给邮差杰美擦脚的那块猪油罢了。

我说，你老，邮差杰美待小娃儿总是很好。我记得有一次圣诞节他给我一袋糖和一只装满各种动物的诺亚方舟。是呀，我老婆艾丝说，有一次他给我一个洋囡囡，在她肚皮上一揿，她就会叫妈妈。我说，亲爱的艾丝，美国总统不会关心你揿在她什么地方。嗯，她说，如果你要她叫妈妈，就得揿在她肚皮上。

你老，我说，柯思伯老太太的家离开我们有两家门面，她年纪差邮差杰美不多。她是一个怪老太婆。我老婆艾丝说，你老，她并不怪。她只是脾气稍稍有点特别罢了。她说，乔，你不可以这样说，这个可怜的老婆婆。你这样说，自己不难为情吗？我说，好吧，艾丝宝宝。她脾气有点特别。你老，我是说柯思伯太太。她是一个身材瘦小，头发全白了的老婆婆，说起话来倒像金丝雀那样清脆，二十五年来她从未离开过她的屋子，大部分时间是根本不离开她的床。在她生她儿子强尼的时候发生了一件事情。

这时我讲不下去了，因为我看见艾丝站在窗边，样子十分奇怪。我说，艾丝，你站在那里装什么鬼脸？她说，我在摆凶相给那讨厌的警察看。他正站在这窗下面，我看他气得要发疯了。我说，你老，请原谅我老婆艾丝，这警察不准我们来见你，我老婆现在不过是出出心中之气而已。大总统大笑说，嗯，柯思伯太太怎么样？

我说，哎，柯思伯太太娘家姓奥勃朗，你老，她老头儿在我们邻近开一家烧酒坊，不过人倒是挺不错的。她在十八岁时嫁给了亨利・柯思伯，我们街坊上，那些老人家都说，这件事使邮差杰美伤心之极。他与她以及亨利・柯思伯是从小同学，杰美老是追在奥勃朗小姐身边钻来钻去，不过人家都说他是癞蛤蟆想吃天鹅肉。

我说，柯思伯是一个漂亮的少年，而邮差杰美却一副蠢粗，活像驴子，就是到现在还是差不多。并且他是个孤儿，而柯思伯的老头儿却开着一家颇为不差的杂货店。柯思伯与奥勃朗小姐结婚后，他老头儿就把杂货店给他了。不过邮差杰美失去了奥勃朗小姐倒不像现在这种人那样会疯疯癫癫的。他说他不怨她，他说他当然也不怨柯思伯。他仍旧是他俩的好朋友，常常和他们来往，但他此后就永不再向另外的壳子看一眼了。总统说，另外的什么？我说，另外的女人。噢，他说，我懂了。

是啊，我老婆艾丝说，我敢打赌你一定不会像邮差杰美那样，杜乔。我可以打赌，如果我嫁给了马遂斯，你一定会大吃其醋，不过你马上会另外去找一个。

我说对不起，艾丝。请你现在不要啰唆。我说，你倒看看马遂斯现在怎么一副样子。马遂斯现在怎么一副样子啊？总统说。我说他现在是一个酒徒流氓。

你老，我说，柯思伯太太嫁给柯思伯时也是十八岁。柯思伯良心很好，对待她也非常温柔体贴，大家都是这样说的。在我们街坊上，如果谁待老婆不好，马上就会传开去了。她非常非常爱他，但她更爱她的儿子强尼，尤其是在柯思伯死去之后。他是在强尼五六岁时死的。有一年冬天特别寒冷，柯思伯着了凉生肺炎死的。

是呀，我老婆艾丝说，我姆妈说的，不管天气怎样冷，他总不肯穿大衣。我姆妈说，许多人生肺炎而死，就是为了不穿大衣。我总给乔穿上大衣，还替他围一个围巾。我说，艾丝，不要管你给我穿什么东西。她说，噢，乔，我只是要使你身体健康罢了。

亨利死了之后柯思伯太太一定非常悲伤，你老，我说。亨利常常在楼梯上将她抱上抱下。他服侍她真是周到异常。当然，这些事我并没有看见，我所说的是我们街坊上那些老人家告诉我的。亨利死后，邮差杰美就抱她上楼梯，抱她下楼梯，后来她病重得不能起床，杰美一有空就去和她谈天，当她是一个婴儿那样看护她。

我说，我在十岁时光与强尼一起玩儿，那时我开始认识柯思伯太太。强尼是一个坏小孩，你老，那时我就料到他没出息，街坊上的人也都这样说。他母亲不能多多照看他，他想做什么就做什么。他生来是一个说谎大王，他总能设法叫他母亲听信他的说话。她相信他是世界上最聪明的小孩，大起来一定是个伟人。她很赞赏他，并且赞赏他的一切行为。我们街坊上的人不愿告诉她，强尼其实是一个坏小孩，我现在可以想像得出她那副样子来，你老，一个身材瘦小的妇人，头上戴了一顶有花边的小帽，靠在窗上大声高叫强尼，声音之响连四条街之外都听得见，因为她叫儿子时就像她在唱歌一样。

我老婆已不向那警察做鬼脸了，她坐在靠窗的一张椅子上，她突然跳了起来说，是呀，你老，柯思伯太太喊，噢伊，强尼，啊唏强尼，哎呵，强尼，就像这样子。

那穿柳条裤子的家伙从门外探进头来看看，总统伸出一根手指来摇了摇，他又把门关上了。我说，艾丝，你这样哗啦哗啦的，叫我想起你的姆妈来了。她说，我姆妈怎么样？我说，她是又聋又哑。我说，艾丝，在大总统面前这样哗啦哗啦是不庄重的。艾丝说，我只是表示柯思伯太太怎样高声喊，伊，强尼，啊，强尼，哎呵，强尼罢了。我说，艾丝，够了，够了。你想把死人都吵醒么？

你老，我说，邮差杰美常常到柯思伯太太家里去，他也常常到我们街坊上来，所以他知道强尼所干的一切坏事。强尼渐渐大起来时，邮差杰美就常常劝告他，叫他学好，但结果却使强尼恨他入骨。那些老人家说，邮差杰美想等柯思伯太太身体好了之后与她结婚，但有一天她对他说，她决不愿再和那种毁谤她先夫的人交往，叫他马上走出她的家门。

后来邮差杰美才知道，强尼告诉她说，杰美在街坊上毁谤她过去的丈夫，任凭杰美怎样解释她总是不信，一直到很久很久以后才稍稍好一点。你老，我说，强尼在很小很小的时候就是世界上本领最大的说谎大王了。

那时那穿柳条裤子的家伙走了进来，弯腰轻轻地在总统耳边说了些话。总统摇摇手说，你去对他说，我在会见我纽约来的朋友，现在没有空。那家伙就出去了。

你老，我说，强尼到十七岁左右时就与那些歹徒痞子来往，常常闯出乱子给警察抓了去，但邮差杰美总设法把他弄出来，还不让他母亲知道。那些老人家说，邮差杰美设法给强尼化解时常常要花不少钱，几乎累得他自己破产。终于有一天强尼干了一件真正十恶不赦的坏事，邮差杰美没有法子去疏通，那是任何人都不能的，强尼只好匆匆地逃跑了。他没有向他母亲辞行。那些老人家们说邮差杰美借支了薪水给强尼做路费，有人说他以后还继续寄钱给他。但邮差杰美自己从不说起这事，所以除了他与强尼之外，别人也都不知道。

你老，我说，强尼没有向他母亲告辞就走了，这事使柯思伯太太生病极重，从那时起她的性子就有些特里特别。据史蒂尔医生说，她因为得不到强尼的消息，心中难过得快要死了。他说他可以打赌，只要她知道强尼在哪里，知道强尼一切都很好，马上就可救活她的性命，医好她的心病。但没有一个人知道强尼在哪里，所以对这事大家也都无法可想。

有一天，邮差杰美到柯思伯太太家里，交给她一封强尼写来的信。这封信并不长，似乎是从温哥华寄来的，信上说强尼在工作，一切都很好，他心中非常爱她，整日记挂她。我完全知道的，你老，因为这封信是邮差杰美写的，他读给我听，问我怎么样？我说妙极了。这信的样子也很妙，因为邮差杰美把信封拿到邮局里去盖了一个邮戳，所以看起来完全像是邮局里寄来的，他又找到了一本强尼小时候在学校里写的练习本，他花了许多时候模仿强尼的笔迹。这件事情并不困难，强尼只读到四年级为止，他的字迹与幼儿没什么两样。

柯思伯太太一点也不去关心他的字写得好不好，你老。她收到这信后快乐异常，她竟叫街坊上的人都来听读信。这封信造得真像，因为真妮回到家里后竟去告诉她老头子说柯思伯太太收到了一封强尼的信，她老头子告诉了他做便衣警察的兄弟弗莱德，弗莱德就去找柯思伯太太，想去调查一下强尼在哪里。幸亏他先遇到邮差杰美，他们两人作了一次长谈，弗莱德没有去询问柯思伯太太就走了。

你老，我说，十多年来，柯思伯老太太每星期总要收到一封强尼的信，虽然他似乎常常迁居，但生活总过得很好。他有时在亚莱冈，有时在加利福尼亚，有时在亚里桑那，各处移动。邮差杰美把他说成是一个勘察矿苗的工程师，所以常常要跑来跑去。在柯思伯太太的生日以及每次圣诞节，她总收到一件强尼送给她的礼物。一切邮差杰美都会准备妥当的。

她把这些信保存在床底下的箱子里。遇到她老朋友们来看她时，她总会把信读给她们听，告诉她们强尼在做什么，他待他母亲多么好等等。你老，讲到我们街坊上那些老太婆们，她们的儿子大部分是酒徒流氓，她们当然一点也不怀疑这些信的真假，会坐着听柯思伯太太读信，对她说强尼真是个了不得的孩子。

我说，大约在一个月以前，邮差杰美邮包中来了一封自强尼走后第一封真正写给柯思伯太太的信。这封信很长很薄，邮差杰美拆开来看了，就擦了一根火柴把它烧了。于是他到柯思伯太太家里，交给她一封强尼从澳洲寄来的信。这封信中说，他近来正在卖去所有的产业，这可使他成为一个百万富翁，然后要回家来，带一个钻石胸针给她，以后就一生一世不离开她了。

但你老，我说，邮差杰美知道这是他最后交给她的一封信，因为史蒂尔医生早一天告诉他说，她只能再活几个钟头了。果然她在那天晚上死去。邮差杰美在她临终时坐在她床边。他说一直到最后她仍想把头伸到窗外去叫强尼。

噢，我说，有几个下作鬼看到邮差杰美烧去那封信，去报告了政府而把他开除了，但邮差杰美不得不把这信烧去，因为这信是圣昆丁监狱的典狱长写来的。强尼犯了杀人罪被判无期徒刑，这几年来就关在圣昆丁监狱中。典狱长的信中说，她儿子因为企图越狱而被卫兵打死，如果她要他的尸体，可以去收尸。

你老，我说，你事务非常忙碌，但我们却拿这种事来麻烦你，你一定有些讨厌。我说，我老婆艾丝叫我去找找要人想点办法，但我说你去找那些政客要人最好不过是被他们推推开，于是她说我们还是来看你的好，所以我们来了。但我要预先声明，如果你帮助了邮差杰美，我们却不能帮助你做什么事以为报答，因为我们只是普普通通的老百姓，我们只能说非常非常感谢你，愿上帝保佑你，我们街坊上大家也将都这样说。

哎，我老婆艾丝说，邮差杰美必须要复职，因为我不喜欢别人拿信来交给我。我说艾丝宝宝，我知道你只收到过一封信，那就是马遂斯在四年前的情人节寄了一张卡片给你，我通知他以后最好不要再寄了。她说，是呀，我就是指这种信。

总统说，乔，杜太太，不要再想这件事了。你们来得很好。邮差杰美这件事我会去办的。于是他在桌上的电钮上一揿，那穿柳条裤子的家伙进来了。总统说，你去通知他们，我要多请两位客人来吃中饭。那家伙说，请谁啊？总统说，我的朋友乔与杜太太。我老婆艾丝说，我幸亏戴了顶新帽子。

我们吃了点东西后，就坐上那辆旧汽车开回家去，第二天我准时去上班，两天以后，我看见邮差杰美又在附近送信，我知道他是没问题了。

我以后不再想到会总统这件事，我老婆也没有谈起，一直到两星期之后的一天夜里，我睡得正熟，她突然用手肘在我背上猛推说，乔，我想到了。我说，艾丝，你还是在白天用思想的好，现在请让我睡觉。但她说，不，你听着乔。她说，如果下次我再到华盛顿，我一定要施点辣手给那讨厌的警察看看，因为我刚才想出了他说“我也有这样一个老婆，我对你很表同情”这句话的意义。